ANA & ARTUR
na fascinante Índia

ANA & ARTUR
na fascinante Índia

Silvana Salerno

ILUSTRAÇÕES:
Natália Gregorini

© Editora do Brasil S.A., 2022
Todos os direitos reservados

Texto © Silvana Salerno
Ilustrações © Natália Gregorini

Direção-geral: Vicente Tortamano Avanso

Direção editorial: Felipe Ramos Poletti
Gerência editorial: Gilsandro Vieira Sales
Gerência editorial de produção e design: Ulisses Pires
Edição: Paulo Fuzinelli
Assistência editorial: Aline Sá Martins
Apoio editorial: Maria Carolina Rodrigues, Suria Scapin e Lorrane Fortunato
Supervisão de design: Dea Melo
Design gráfico: Obá Editorial e Cris Viana
Edição de arte: Daniela Capezzuti e Gisele Baptista de Oliveira
Supervisão de revisão: Elaine Silva
Revisão: Júlia Castello Branco e Andréia Andrade
Supervisão de iconografia: Léo Burgos
Pesquisa iconográfica: Daniel Andrade e Priscila Ferraz
Supervisão de controle de processos editoriais: Roseli Said

Dados Internacionais de Catalogação na Publicação (CIP)
(Câmara Brasileira do Livro, SP, Brasil)

Salerno, Silvana
    Ana e Artur na fascinante Índia / Silvana Salerno ; ilustrações Natália Gregorini. -- 1. ed. -- São Paulo : Editora do Brasil, 2022. -- (Mitos do mundo)

    ISBN 978-85-10-08593-9

    1. Índia - Descrição e viagens - Literatura infantojuvenil I. Gregorini, Natália. II. Título. III. Série.

22-106380   CDD-028.5

Índices para catálogo sistemático:
1. Índia : Descrição e viagens : Literatura infantil
   028.5
2. Índia : Descrição e viagens : Literatura infantojuvenil 028.5

Cibele Maria Dias - Bibliotecária - CRB-8/9427

1ª edição / 2ª impressão, 2025
Impresso na Forma Certa Gráfica Digital

Avenida das Nações Unidas, 12901
Torre Oeste, 20º andar
São Paulo, SP – CEP: 04578-910
Fone: + 55 11 3226-0211
www.editoradobrasil.com.br

O mito oferece símbolos que ajudam a aprimorar a alma.

Inspirada em Joseph Campbell

Ao Nando,
que entrou nesta aventura
com toda a sua criatividade.
Aos queridos leitores,
uma boa viagem!

SILVANA SALERNO

. . . .

Para os sonhadores.

NATÁLIA GREGORINI

Sumário

1. De onde são essas pessoas? — 11
2. Um personagem importante que não se dá importância — 15
3. À sombra da mangueira — 19
4. A viagem — 21
5. Omelete ou crepe? — 24
6. A chegada — 26
7. De deuses, sáris e riquixás — 30
8. Quando as distâncias encurtam — 35
9. Um deus com cabeça de elefante? — 39
10. Inteligência, sabedoria e sorte... quer mais? — 43
11. Novidades de cá e de lá — 47
12. Festival Ganesha — 50
13. Rita — 53
14. Que boa descoberta! — 56
15. Debaixo da árvore — 58
16. Vencendo o medo — 63
17. Os Bosques Aromáticos — 66
18. Um lanche realmente divino — 71
19. Uma visita inesperada — 76
20. Como estrelas na Terra — 78
21. De volta à Terra — 84

I
De onde são essas pessoas?

  Aquela semana tinha sido intensa. Ana e Artur haviam tido provas todos os dias. Na sexta-feira, estavam um bocado cansados e, quando finalmente tocou o sinal que indicava o fim da última aula, suspiraram aliviados e foram caminhando para a casa dos avós, como sempre faziam.
  Depois de um almoço gostoso, nada melhor para relaxar do que se deitar embaixo da mangueira do quintal. Ana e Artur conversaram um pouco à sombra refrescante daquela grande copa, mas logo caíram no sono. Exaustos como estavam e depois de uma boa refeição, aquele soninho era muito bem-vindo. Só acordaram no final do dia, com o Sol começando a se pôr.
  – Ana, tive um sonho tão colorido...
  – Eu também! – ela respondeu.
  – Não sei dizer quem eram as pessoas do sonho – falou Artur. – As mulheres usavam roupas compridas bem coloridas, algumas com um xale que ia da cabeça até os pés.
  – Não acredito! – exclamou Ana. – No meu sonho as mulheres também estavam de roupa colorida, e os homens de roupa clara. Eram todos morenos, de olhos e cabelos pretos, mas poucos tinham os cabelos lisos como eu imaginava que teriam.

– Isso mesmo! No meu sonho, os homens estavam com uma roupa... tipo túnica, bem comprida, da mesma cor da calça – disse Artur.

– De que cor era a roupa deles?

– Era bem clara, Ana, como você disse. Acho que só vi cores como bege, verde clarinho e branco.

– Será que tivemos o mesmo sonho?

– Alguém falou alguma coisa no seu sonho? – quis saber Artur.

– Não, ninguém disse nada.

– No meu também não.

– Que incrível! Tivemos o mesmo sonho. O que será que isso quer dizer? – perguntou Artur.

– E quem são essas pessoas que vimos? De onde elas são? – perguntou Ana.

– Talvez a vovó Sofia ou o vovô Heitor saibam de onde elas são.

Os primos não conseguiram continuar a conversa. Nesse momento, a mãe de Ana chegou e, em seguida, a mãe de Artur. Os dois tinham dormido tanto que não perceberam o tempo passar. Com as mães apressadas, eles se despediram dos avós e foram cada um para sua casa, sem muita chance de perguntar a eles sobre as pessoas que tinham visto no sonho.

Como tinha dormido à tarde, Artur não sentiu sono à hora de costume e ficou jogando *video game* até bem tarde. Estava cabeceando quando finalmente se deitou. Logo que adormeceu, sonhou que ele e Ana estavam juntos no meio daquelas pessoas que haviam visto no sonho da tarde. Curiosos, foram caminhando até que se viram fora da cidade e entraram em um bosque.

Depois de caminharem um bocado entre árvores e bichos, avistaram uma clareira que levava a um lago... E lá, iluminados por um raio de sol que penetrava pela copa das árvores, avistaram três figuras conversando. Uma delas tinha o aspecto de um guerreiro, as outras usavam coroas e roupas diferentes. Pareciam reis.

Ao notarem uma menina e um menino a observá-los, o homem mais velho, com uma longa barba branca, disse:

– Olá, pessoal! Precisam de alguma coisa?

– Estávamos passeando... – respondeu Ana.

– ... e de repente vimos os senhores – completou Artur.

– De onde vocês são?

– Somos do Brasil.

– Brasileiros! – exclamou o mais velho.

– Vieram de longe – comentou o segundo rei.

– Sejam bem-vindos – disse o terceiro, o guerreiro.

– Em que país estamos? – perguntou Artur.

– Índia.

– Índia?! – exclamaram os primos.

– Vocês fizeram uma longa viagem.

– Os senhores são os reis da Índia?

Eles sorriram, e o mais velho, que usava uma coroa de ouro com pedras preciosas e muitas joias, respondeu:

– Sou Brahma, o criador.

– Eu sou Vishnu, o construtor – disse o segundo rei, mais jovem e de cabelos compridos e encaracolados. Assim como Brahma, ele usava coroa, colares e pulseiras.

Olhando mais atentamente, Artur percebeu que a pele dele tinha uma tonalidade diferente: era levemente azulada. Enquanto observava o segundo rei, o terceiro homem se apresentou:

– Eu sou Shiva, o destruidor e o renovador. – Ele também era jovem; além de alto e forte, parecia muito mais um guerreiro do que um rei. Ao contrário dos outros, usava uma roupa curta e simples, de algodão, e não tinha coroa nem joias. Com longos cabelos emaranhados e uma pele azul bem mais escura que a de Vishnu, Shiva era uma figura imponente.

Assim que as apresentações terminaram, Artur pensou: "Eles não são reis, são deuses!". E, no meio desse pensamento, o sonho acabou.

Logo que acordou, com os olhos brilhantes de animação, Artur foi correndo pegar o celular para ligar para Ana. Mas nem deu tempo, pois, antes mesmo que ele pudesse clicar no nome dela, recebeu a ligação da prima.

– Oi, Artur, eu tive um sonho!

– Ana, eu estava com o celular na mão pra te ligar quando você me ligou. Eu também sonhei...

– Vai me dizer que tivemos de novo o mesmo sonho! – exclamou a menina.

– Não sei se é o mesmo sonho, só sei que nós dois estávamos passeando por um bosque quando encontramos três figuras: duas com joias e coroas e uma com roupa de guerreiro. Pensei que fossem reis, mas, quando se apresentaram, percebi que eram deuses! Brahma, o criador; Vishnu, o construtor; e Shiva, o destruidor e renovador. E o país deles é a Índia!

– O meu foi quase igual, Artur! Vi as mesmas pessoas do sonho da tarde! Depois, continuamos a caminhar e entramos num bosque, só que em vez dos três deuses me apareceu uma deusa!

– Que demais, Ana!

– Ela apenas disse que se chamava Durga. Deu um sorriso e me olhou com carinho, com olhos castanho-escuros muito bonitos. Assim que acordei, fui pesquisar quem era Durga e descobri que é uma das deusas mais importantes da Índia. Parece que ela carrega um pouco dos outros três e é chamada de Mãe do Universo.

– E como ela era?

– Muito linda, Artur! De cabelos compridos, escuros e cacheados; pele brilhante e olhos grandes. Estava com um vestido vermelho, todo bordado de dourado, e uma grande coroa de ouro com pedras preciosas.

– Se esses deuses são mesmo da Índia, Ana, acho que as pessoas que vimos no sonho de ontem à tarde são indianas!

2
Um personagem importante que não se dá importância

Artur não podia imaginar que a vida dele fosse virar de ponta-cabeça de uma hora para a outra. Quando soube que o pai seria transferido para a Índia, nem acreditou. Ao que parece, os sonhos que ele e a prima tinham tido foram um anúncio dessa mudança. Afinal, no mesmo dia em que Artur sonhou com os três deuses e Ana com a deusa Durga, o pai do menino chegou do trabalho contando a novidade. Como engenheiro siderúrgico, Miguel havia sido escolhido para trabalhar durante um período na indústria do aço de uma cidade indiana chamada Bokaro.

Artur começou a pesquisar sobre a Índia assim que o pai chegou com essa notícia. Ele nunca tinha ouvido falar dessa cidade com cerca de 700 mil habitantes que vivia em função do aço. Ela era toda planejada, com ruas largas e muitas áreas verdes.

— A indústria siderúrgica, responsável pela produção de aço, é uma das mais importantes da Índia – contou Miguel –, e Bokaro é um dos seus polos industriais, tanto que é conhecida como *Bokaro Steel City*: Bokaro, cidade do aço.

— E o que tem para fazer lá, pai? – perguntou Artur.

– É uma cidade do interior, uma das que mais cresce no país. Não é uma capital, e ainda não sei bem como é a vida das pessoas por lá, mas vi que tem vários parques.

– Quanto tempo você vai ter de trabalhar lá?

– A proposta é para eu ficar um ano.

– Bom – disse Artur –, vou continuar minha pesquisa aqui: Bokaro fica no estado de Jharkhand... Socorro, como se pronuncia isso?!... no nordeste da Índia. E olha! A diferença de fuso horário com o Brasil é de oito horas e meia!

– Quer dizer que quando acordamos no Brasil, às sete da manhã, as pessoas de Bokaro vão tomar o lanche das três e meia da tarde – disse sua mãe, Madalena, rindo –, e quando vamos jantar, às oito da noite, os indianos já estão dormindo há um tempo e vão acordar pouco depois, porque lá são quatro e meia da manhã...

– De que dia? – quis saber Artur.

– Do dia seguinte, pois, como você viu, a Índia está oito horas e meia à frente do Brasil.

O dia da mudança chegaria rapidamente, e o garoto não teria muito tempo para refletir sobre o significado de tudo aquilo. Estava confuso e bastante dividido. Por um lado, estava chateado por deixar sua vida no Brasil para enfrentar um lugar desconhecido, que ele não tinha escolhido. Por outro, sua curiosidade o deixava empolgado com a novidade, a aventura e o mergulho no escuro.

A segurança de ficar e a insegurança de partir...

Ele pesou os prós e os contras de cada lado, mas não chegou a nenhuma conclusão, o que o fez perceber que a mudança não era tão assustadora assim.

Na manhã seguinte, Artur contou na escola a novidade para seus amigos e professores, e toda a classe ficou ouriçada. Ele sentiu-se como o personagem de um livro ou como alguém importante que vai viajar, não para um lugar mais conhecido, como a Argentina, os Estados Unidos ou a Europa, mas para um país da Ásia, lá do outro lado do mundo. Ana, sua prima, achou o máximo... Só depois é que ela se deu conta de que ia perder seu grande companheiro de aventuras por um tempo.

Artur estava tão empolgado com a novidade que não desceu para o recreio. E como era muito curioso e se interessava por descobrir coisas novas, aproveitou o tempo para pesquisar mais no celular sobre a cidade em que moraria. Ele leu a opinião de estudantes brasileiros que tinham feito intercâmbio em Bokaro; algumas eram positivas, outras, negativas. Havia meninas que não tinham gostado dos costumes tradicionais da cidade, pois era uma sociedade patriarcal. Assim, a divisão de tarefas era em grande parte à moda antiga: as mulheres cuidavam da casa enquanto os homens trabalhavam.

Artur contou para Ana e os amigos tudo o que havia descoberto. Cada um fez um comentário diferente, o que criou um turbilhão na cabeça dele.

A turma da classe organizou uma festa de despedida para Artur na sexta-feira, seu último dia de aula. Ele ficou empolgado, mas depois veio a melancolia... Ia sentir muita falta de seus melhores amigos, João, Renato e Juca, e principalmente de Rita, de quem estava gostando. Essa melancolia aumentou no sábado, durante o almoço na casa dos avós.

Dona Sofia serviu as sobremesas preferidas do neto: sorvete caseiro e bolo de brigadeiro. Com o carinho dos avós, Artur se animou um pouco, mas Ana não deixou de perceber certa tristeza no primo.

Como grandes leitores que eram, os avós fizeram comentários sobre a religião hindu e a cultura da Índia, mas Artur não prestou muita atenção. Enquanto falavam, ele observava dona Sofia e seu Heitor como se os estivesse vendo pela última vez. Como já tinham idade avançada, passou pela cabeça de Artur que talvez ele nunca mais os visse. Queria guardar bem a fisionomia deles, as expressões do rosto, o jeito de cada um, o sorriso, o olhar. Fixou-se na entonação da voz dos avós e na diferença de timbre que havia entre eles; não queria esquecer um só detalhe.

Depois da sobremesa, foi com Ana até a casinha da infância que ficava no quintal. Olhou bem para aquele espaço que tinha curtido por tanto tempo, para a enciclopédia do avô, os brinquedos, as pedras recolhidas em diferentes lugares e as coisas que eram importantes para eles e estavam lá, guardadas desde que eram bem pequenos.

De pé na soleira da porta, Ana e Artur se olharam e tiveram a mesma ideia.

3

À sombra da mangueira

– Vamos pra mangueira? – propôs Artur.

– Era isso que eu ia dizer! – respondeu Ana.

Dando risada, eles saíram correndo até aquela árvore tão amiga, que dominava o quintal.

– É aqui que a gente relaxa, pensa na vida...

– Tem ideias, sonha...

– E se aventura pelo mundo – completou Ana.

– Incrível! Os sonhos que tivemos foram como uma premonição, avisando o que ia acontecer – falou Artur. – Com essa história de mudança, nem pesquisei mais sobre aqueles deuses incríveis!

– Eu também não. É tanta coisa acontecendo... Mas, me conta, Artur: Como você está se sentindo? Estou achando você muito quieto, meio triste... Nada daquela empolgação de quem vai viajar para o outro lado do mundo.

– Você me conhece, Ana. No início, fiquei muito em dúvida em relação a essa viagem, mas aos poucos fui me animando com a ideia de conhecer a Índia. Só que depois comecei a pensar nos problemas de estar sem nenhum amigo num país tão diferente.

– Você fez uma boa pesquisa sobre a cidade em que vai morar?

– Pois é, li coisas positivas e negativas, mas tudo isso parece meio superficial, sabe? Acho que só vivendo mesmo no lugar para sentir, e cada pessoa sente de um jeito. Sei lá...

– Por que você mudou de humor? Estava achando legal e de repente ficou desanimado.

– Eu tive dúvidas sobre essa mudança desde o começo, nunca foi uma coisa cem por cento pra mim; mas os amigos me incentivaram e fui achando legal. Acontece que, depois da despedida de ontem, bateu uma saudade das coisas que estou deixando para trás...

– Quanto tempo vão ficar lá?

– O projeto do meu pai vai durar um ano.

– Um ano passa rápido! Pense nas coisas interessantes que vai conhecer.

– Passa rápido para quem não está lá...

– Você vai falar com seus amigos pelo celular... Além disso, o ano letivo de lá também valerá aqui.

– Minha mãe viu isso aqui no colégio e na escola indiana. Vou estudar na escola internacional, com estrangeiros de todas as partes do mundo. Vai ser bom para treinar inglês, pelo menos.

– E para conhecer gente e coisas novas! – disse Ana.

– Queria que alguém da minha idade fosse comigo. Ficar só com minha mãe e meu pai, sem conhecer ninguém...

– Ouvi dizer que os indianos são muito legais.

– Um indiano que trabalha na empresa em que meu pai vai trabalhar esteve aqui no Brasil, jantou lá em casa e foi muito simpático. Falou bastante.

– Então! Você está se preocupando à toa.

– Uma coisa é ter contato com adultos, outra é com gente da nossa idade.

– Vai dar tudo certo, Artur – incentivou Ana, tentando se manter forte e disfarçar a tristeza que estava sentindo desde que soubera da viagem do primo. Fechou os olhos para não mostrar as lágrimas que estavam brotando e perguntou: – Para qual cidade vocês vão mesmo?

4

A viagem

Miguel escolheu o voo que saía à 1h25 da madrugada de domingo. Eles foram para o aeroporto três horas antes da decolagem, por volta das 10 h da noite do sábado, como se costuma fazer nos voos internacionais, e o restante da família os acompanhou. Da parte de Madalena, a mãe de Artur, foram Ana com seus pais e avós. Da parte do pai, seus irmãos e sobrinhos, formando um grupo grande em volta dos três brasileiros que partiam para o desconhecido.

A família estava triste, mas tentava dar força a eles. Madalena chorou abraçando os pais e a irmã. Dona Sofia e a outra filha também choraram. Seu Heitor disfarçou as lágrimas atrás dos óculos. Como não usava óculos, Artur empurrou as lágrimas para dentro e se mostrou firme. E Ana o acompanhou na atitude. Os pais de Miguel, bem idosos, se emocionaram tanto quanto ele.

Apesar de Madalena e Miguel terem escolhido o percurso mais rápido para a viagem, pegando um voo para Calcutá, uma das principais cidades indianas, seriam vinte e duas horas e vinte minutos de trajeto no total. Saindo àquela hora, chegariam a Dubai, nos Emirados Árabes, às onze da noite, ficariam três horas no aeroporto e aí tomariam o voo para Calcutá às duas da madrugada, para chegar às oito e quinze da manhã. Finalmente, pegariam outro avião até Bokaro, que ficava a uma distância curta: só mais uma hora de viagem. Ufa!

E assim Artur embarcou. Escolheu um filme para ver, mas logo teve de interromper porque serviram o jantar. A surpresa foi que, apesar de ser comida de avião, a refeição estava gostosa.

O jantar terminou às três da manhã, no horário do Brasil. Artur foi ao banheiro e enfrentou uma fila enorme; estava morrendo de sono e quase desistiu, mas achou melhor esperar, para não ter de se levantar durante a madrugada. Pensou nisso e deu risada: "Durante a madrugada? Mas já é madrugada...". Escovou os dentes e voltou para o assento cabeceando de sono. Apoiou o travesseiro junto à janela e dormiu pelo menos uma hora seguida. Depois, assim como os pais a seu lado e grande parte dos passageiros, ele se remexeu, virou, tirou o cobertor, mudou o travesseiro de lugar, pôs o cobertor de novo, e nada adiantava. Então, colocou aquela máscara nos olhos e mergulhou no sono até ser acordado, às 10 h, pelo barulho dos carrinhos servindo o café da manhã.

5
Omelete ou crepe?

– Omelete ou crepe? – perguntou a aeromoça para um Artur tão sonado que ainda não tinha entendido onde estava.

Ele não sabia o que responder, então sua mãe perguntou qual era o recheio do crepe. Quando soube que era doce, recheado de maçã, Madalena escolheu a omelete. Artur ficou com o crepe, e Miguel fez a mesma escolha da mulher. Serviram um copão de "chafé", um café tão fraco que parecia chá, e, em vez de leite, um potinho de leite condensado sem açúcar. Ficou horrível!

Artur passou o dia assistindo filme, lendo, dormindo e comendo. À noite, chegaram a Dubai. Do avião, Artur avistou grandes avenidas e prédios altíssimos e supermodernos; não deu para ver mais do que isso.

Apanharam os casacos, as mochilas e as maletas de bordo e desembarcaram no Oriente Médio às onze da noite, horário local. O aeroporto de Dubai era ultramoderno e luxuoso. Seguindo as placas de *"Transfer"*, chegaram ao portão 11, de onde sairia o voo para Calcutá.

Decidiram ir em busca de um local para se sentar e só encontraram no portão 5, onde havia dois sofás próprios para se esticarem durante as quase três horas que teriam pela frente. Miguel colocou o despertador para uma e quinze da manhã – o voo sairia às duas –, e os três adormeceram instantaneamente, com os pertences bem grudados ao corpo.

Desta vez foi mais difícil despertar; além do cansaço, havia a diferença de fuso horário, mas Artur e seus pais logo se levantaram e, pouco depois, já estavam em seus assentos no avião. A decolagem foi incrível e, apesar de já ser noite, Artur pôde ver que um grande deserto se estendia em volta da cidade.

– Na verdade, tudo aqui era areia – disse o pai. – A cidade de Dubai foi construída no meio do deserto; foi ela que invadiu a areia e não o contrário.

Artur aproveitou a viagem para selecionar as melhores fotos para enviar à Ana, aos amigos e à Rita quando estivesse no aeroporto, pois o *wi-fi* no avião era pago. Quando o comandante avisou que pousariam em Calcutá dentro de quinze minutos, ele colou o rosto na janela e registrou tudo pelo celular: estava curioso para ver como era aquela cidade tão importante da Índia.

À medida que o avião ia baixando, foram aparecendo uma área rural, um rio e uma região pantanosa. Então surgiu a cidade, meio encoberta pela neblina. Eram oito e cinco da manhã de segunda-feira e, de acordo com a informação do comandante, a temperatura era de vinte e oito graus, mostrando que o verão estava a toda, e a poluição também.

– Esta é a cidade em que Madre Teresa de Calcutá viveu dedicando-se aos pobres – disse Madalena.

Ao entrarem no aeroporto de Calcutá, porém, uma surpresa.

6
A chegada

Assim que desembarcaram, eles ouviram, tanto em inglês quanto no idioma local, o seguinte aviso pelo alto-falante: "Devido ao intenso nevoeiro, todos os voos estão adiados". Dirigiram-se, então, ao portão de embarque para Bokaro e lá foram informados de que ainda não havia previsão de o aeroporto ser liberado. Nevoeiros eram frequentes no período da manhã; mas, conforme o dia avançava, a neblina causada pela umidade ia se dissipando e o aeroporto voltava a funcionar. Provavelmente, dentro de uma hora poderiam embarcar.

– Que sufoco! – disse Artur. – Depois de quase um dia inteiro de viagem, ter de esperar mais sessenta minutos para a última hora de voo! Vai dar mais de vinte e quatro horas de viagem!

– É demais, mesmo – disse a mãe, que se sentia atordoada e resolveu procurar uma poltrona confortável para se sentar.

Mas foi preciso andar muito para encontrar algum assento disponível. E como andaram! Com muitos voos cancelados, a balbúrdia era geral. O aeroporto estava tomado por uma grande multidão. Assim que se acomodaram, Miguel mandou uma mensagem para o gerente da empresa avisando que estavam no aeroporto de Calcutá à espera da liberação do voo. O gerente pediu que ele avisasse quando estivessem embarcando, pois iria recebê-los no aeroporto.

Nessa espera, ninguém dormiu. Madalena e Miguel ficaram atentos à tabela de voos e aos avisos pelo alto-falante enquanto Artur enviava as fotos e lia as mensagens. Queria muito conversar com a prima, mas estava difícil, pois o sinal de *wi-fi* era muito fraco para uma ligação. Quando finalmente conseguiu se conectar, seu voo foi chamado; só deu tempo de mandar um "oi" pra ela e já desligar.

Instalados no avião, Madalena comentou que havia lido que a maioria das cidades da Índia tinha costumes bastante tradicionais. As mulheres usavam o sári, traje típico feito de uma longa faixa de tecido que envolve boa parte do corpo, bem diferente das roupas ocidentais. A roupa tradicional do homem era um conjunto de calças e túnicas compridas, mas uma parte dos homens já usava calças *jeans* e camisas também.

– E aí, mãe, como vai ser? – perguntou Artur.

– Só quando estivermos vivendo lá é que poderemos dizer, mas conhecer um país novo, pessoas diferentes e uma nova cultura é sempre interessante.

– Espero que sim – ele respondeu.

Distraídos pela conversa, não sentiram o tempo passar, e quinze minutos depois estavam pousando em Bokaro.

Artur fez rapidamente as contas e anunciou:

– De São Paulo a Dubai foram quinze horas e quarenta minutos de voo, mais três horas de espera no aeroporto de Dubai. Total: dezoito horas e quarenta minutos. De Dubai a Calcutá, seis horas e dez minutos, e uma hora e vinte minutos esperando no aeroporto. Mais uma hora de voo para Bokaro... Isso tudo dá... vinte e sete horas e dez minutos de viagem. Bati o recorde! Não tenho nenhum amigo nem amiga que viajou durante mais de vinte e sete horas! O máximo que uns colegas fizeram foi quinze horas. – E escreveu uma mensagem para o grupo da classe contando a duração da viagem.

O aeroporto de Bokaro não era grande, mas era bem moderno. A família de Artur foi até as esteiras que traziam a bagagem e esperou uns quinze minutos pelas malas. Apesar de estarem de mudança, não haviam levado muita coisa, apenas roupas, livros e objetos pessoais. Os objetos de casa e as roupas de cama, mesa e banho tinham sido providenciados pela empresa que alugava casas já mobiliadas para estrangeiros. O que mais precisassem, pediriam que os avós despachassem para eles por meio da empresa.

O chefe do pai de Artur foi com a mulher recebê-los. Arjun e Kania eram muito simpáticos e logo deixaram os recém-chegados à vontade. A conversa foi em inglês, segunda língua do país, antiga colônia da Inglaterra. Madalena, Miguel e Artur tinham estudado inglês, mas nunca haviam morado fora do Brasil para usar o idioma no dia a dia. Miguel tinha mais prática porque convivia com engenheiros estrangeiros e participava de reuniões internacionais *on-line*. De qualquer modo, eles pediram que o casal falasse devagar. Artur e Madalena começaram a falar aos poucos, escolhendo as palavras, e, quanto mais falavam, mais fácil ficava. Madalena estava usando saia longa, blusa de manga curta e casaquinho e Kania se ofereceu para acompanhá-la a uma loja de tecidos para que ela também pudesse ter um sári para usar em ocasiões especiais.

O casal indiano convidou-os para almoçar, mas, depois de uma jornada como aquela, o que eles queriam mesmo era uma boa cama. Então, foram levados à sua nova casa.

Durante o caminho, Kania e Arjun explicaram que Bokaro era uma cidade planejada, dividida em setores, onde havia um pouco de tudo: moradia, escola, comércio... Quando chegaram a uma rua longa e movimentada, onde passavam ônibus e havia bastante comércio, Arjun comentou:

– A rua de vocês é esta. No início é larga e mais comercial, depois vai se modificando, até ficar uma rua mais sossegada, no setor residencial.

E assim foi. A casa deles ficava na última quadra da rua; a partir dali, terrenos vazios, um riacho, plantações.

Artur olhou para aqueles terrenos pensando que dariam um bom campinho de futebol. Animado com essa ideia, foi entrando pela casa e subiu a escada. Quando viu a cama, desabou de vez e não pensou em mais nada. Seus pais agradeceram a carona, colocaram as malas para dentro e só; em menos de dez minutos haviam capotado de sono como Artur. A família só acordaria no dia seguinte, no meio da manhã.

7
De deuses, sáris e riquixás

Um sono longo e profundo eles já haviam tido: dormiram mais ou menos do meio-dia de segunda-feira até a terça-feira de manhã. Depois de acordar, o que mais queriam era um banho e *aquele* café da manhã.

Quando chegaram à cozinha, descobriram que já havia alguns itens básicos no armário, como café, açúcar, achocolatado, óleo e sal; na geladeira tinha leite, queijo, iogurte, ovos, mangas e limões; e na mesa estava um pacote de pão indiano, parecido com o pão sírio. Madalena passou rapidinho um café e descascou uma manga enquanto os rapazes puseram a mesa. Os três atacaram o café da manhã como se estivessem sem comer há dias!

Artur então se lembrou do sonho que havia tido no Brasil e correu para pesquisar sobre Brahma, Vishnu e Shiva. Mais que depressa, pegou o celular e ligou para a prima. "Ainda bem que a casa já tem *wi-fi*."– pensou enquanto teclava.

– Ana, lembra do sonho que tivemos com os deuses?

– Oi, Artur!! Lembro, claro!

– Pois é, Brahma é o principal deus da Índia, o criador de tudo. Com os outros dois deuses do sonho, Vishnu e Shiva, forma a *"trimúrti"*, como é chamada essa trindade divina.

— Que legal, Artur! Eu até me esqueci de pesquisar sobre eles... Agora os deuses estão a seu lado aí na Índia e ao meu lado aqui no Brasil!

— Durga, a Mãe Divina, também está ao nosso lado – disse ele.

— Que demais, não?! Eu também tenho uma novidade para contar...

— Estou curioso, conta aí, Ana.

— Vou começar a fazer ioga com a professora da vovó, só que num horário diferente. Começo amanhã!

— Você pode comentar os sonhos com a professora.

— Vou fazer isso. Ela deve conhecer a mitologia indiana.

Enquanto os primos conversavam, os pais de Artur começaram a desfazer as malas e arrumar guarda-roupas, estantes e armários com o que haviam trazido. Artur guardou suas coisas rapidinho e foi descobrir o restante da casa, o quintal, a rua.

Percorreu o sobrado, que tinha dois quartos e um banheiro em cima e embaixo as salas de estar e de jantar, o lavabo e a cozinha. Saiu para o quintal: era pequeno, mas bem ajeitadinho, com um canteiro cheio de plantas e flores. Olhou por cima do muro para os quintais vizinhos e não viu ninguém.

Saiu para a rua e viu que a última casa da vizinhança, que ficava ao lado da deles, estava para alugar, e depois havia um terreno baldio. Do outro lado, uma empresa e uma sequência de pequenas casas, todas iguais. Atravessou a rua e foi em direção a elas: havia uma portaria e uma placa que indicava ser um condomínio de idosos. Andou uns dois quarteirões e não viu ninguém da idade dele – aliás, não viu quase ninguém, de qualquer idade.

Enquanto isso, Madalena conhecia a vizinha que ocupava a casa à direita deles. Era uma senhora idosa, animada e bem-disposta, que morava com a empregada; os filhos viviam em cidades distantes, e ela só os encontrava em algumas festas e aniversários. Cuidava do jardim, cozinhava e gostava de ler – todos esses, pontos em comum com os pais de Artur. Dona Maya era uma mulher agradável, mas cada um tinha a sua vida, e Madalena e Miguel tinham muito a fazer.

Artur, porém, estava ansioso. Era 10 de julho, e as aulas só começariam em agosto, mas ele queria conhecer a nova escola, saber onde ficava e como iria até lá. Só sabia que o colégio não era muito longe, e o pai disse que poderiam conhecê-lo num fim de semana.

Os dias foram se passando e Artur foi ficando entediado. Estavam alojados nos limites da cidade: sua casa era a última ocupada antes da zona rural. Seria o lugar ideal para brincar e jogar bola se tivessem vizinhos, mas onde eles estavam? Sua única distração era o contato com Ana e os amigos do Brasil. Trocava mensagens com eles todos os dias e aguardava ansioso pelas respostas.

Madalena e Artur ainda não tinham andado pela cidade. O único que saía todo dia de casa para trabalhar era Miguel.

Alguns dias depois da chegada, Madalena combinou com Kania de saírem para comprar tecido para dois sáris. Artur, que não tinha nada para fazer, foi junto.

Kania veio buscá-los de carro, e eles foram para o setor comercial, bastante movimentado e cheio de gente, muito diferente de onde moravam. Durante o trajeto, Artur observava tudo – pessoas, animais, automóveis, carroças puxadas por cavalos, casas, prédios e, principalmente, muitos carros pequenos de três rodas usados como táxi. Madalena disse que aqueles carrinhos se chamavam *tuk-tuks*, e Artur achou engraçado. Não só pelo nome mas também porque alguns *tuk-tuks* eram tão pequenos que davam a impressão de que as pessoas ficavam metade para dentro, metade para fora. Em seguida, passou um triciclo com um banco coberto atrás, levando dois passageiros. Curiosos para saber como se chamava aquele veículo, Madalena perguntou para Kania.

– Este é o ciclo-riquixá. O antigo riquixá era uma charrete com um banco que levava passageiros e era puxada por uma pessoa. Agora, é um ciclista que puxa a charrete com rodas de bicicleta.

— Muito melhor, não? — comentou Madalena.

— Com certeza — concordou Kania.

Madalena notou que algumas mulheres usavam sári, enquanto a maioria dos homens usava calça e bata ou camisa.

— Muitos hábitos tradicionais se mantêm aqui, mas usar o sári já não é mais uma obrigatoriedade no dia a dia. Mulheres mais idosas ou tradicionais ainda preferem usá-lo, mas o mais comum é usarmos esse traje apenas em eventos especiais — disse Kania. — A vantagem é que o sári é prático, rápido de vestir e barato: basta comprar um pano comprido e largo e aprender a enrolá-lo no corpo.

— O pano fica solto no corpo? — perguntou Artur.

— Fica, sim, e se usa saia ou calça e camiseta por baixo.

— Entendi! Assim, se cair, a mulher não fica pelada! — disse ele em português para a mãe.

Chegando a uma pequena praça, Kania estacionou o carro, e eles caminharam duas quadras em meio a calçadas lotadas, com muita gente passando e muita gente vendendo coisas.

A loja era incrível! Havia os mais variados tipos de tecido, de diversas cores, estampas e grafismos que se possa imaginar. Vista de fora, não parecia tão grande quanto era; todos os seus espaços estavam ocupados, do chão ao teto, dando a Madalena e Artur a impressão de estarem em um festival de cores.

Kania levou-os ao balcão próprio para sáris. Seguindo suas indicações, Madalena escolheu um tecido fino de algodão, para o dia a dia, e um crepe georgette indiano, mais sofisticado, para sair. Então Kania a ensinou a preparar a roupa: primeiro colocou o pano em volta do corpo de Madalena como uma saia, prendendo o tecido no cós da calça. Depois, pegou a outra ponta e dobrou várias vezes, fazendo pregas; então mediu a quantidade de pano entre seus braços abertos e pendurou a metade em cima do ombro esquerdo dela. Finalmente, pegou um alfinete de gancho e prendeu esse pano na blusa, na altura do ombro.

— Ahá! — disse Artur. — Então tem alfinete, hein? A roupa não fica solta!

8
Quando as distâncias encurtam

Ana teve a sua primeira aula de ioga. Nessa mesma aula, ficou sabendo de uma excursão para a Índia que a professora, dona Elisa, organizava quase todos os anos. Telefonou correndo para a avó e elas combinaram tudo.

Ana conversou com os pais e eles concordaram. Então ligou para Artur e, como se nada estivesse acontecendo, disse:

– Daqui a um mês e pouco estaremos na Índia.

– *Estaremos*?! – exclamou Artur.

– Vovó Sofia, vovô Heitor e eu... – respondeu Ana, com a maior naturalidade.

– Como?! – ele quis saber, não acreditando no que ouvia.

– A professora de ioga costuma fazer excursões com os alunos durante os festivais. Este ano ela escolheu o Festival Ganesha, um dos mais importantes que existem.

– E onde vai ser?

– Acontece em toda a Índia e vai começar no dia 21 de agosto. O grupo vai se hospedar num *ashram* em Calcutá...

– Calcutá é aqui perto! – falou Artur.

Ele mal podia acreditar! Assim que desligou, saiu correndo pela casa, animadíssimo, para contar a novidade para a mãe.

Os preparativos corriam a toda no Brasil. Ana estava ocupadíssima. Pediu aos professores para antecipar a entrega de tarefas que cairiam na semana em que estaria ausente. Com isso, tinha um montão de leituras e pesquisas para fazer, mas não desanimou: arregaçou as mangas e mergulhou nos estudos.

Além disso, começou a pensar nas coisas que levaria para Artur. Fez uma lista e pediu que as amigas e os amigos dessem ideias. Os *pen drives* e MP3s com vídeos feitos especialmente para o primo dominavam a lista. Lembrou-se da casinha no quintal dos avós e foi lá buscar inspiração. Olhou atentamente para a coleção de pedras – cada uma tinha uma história, representava uma descoberta no quintal, marcava uma época da vida deles. Selecionou as mais marcantes e colocou numa caixinha, incluindo a mais importante: a que haviam pegado no dia em que sonharam juntos debaixo da mangueira.

Artur havia comentado com a turma do colégio que, na empresa em que seu pai trabalha, perguntaram se ele tinha camisas de times de futebol brasileiros. "Pena que eu não trouxe algumas para dar ao pessoal da escola!", disse aos colegas. Mas tudo se resolveu, porque, quando Ana contou que ia para a Índia, os colegas de Artur deram algumas camisas de futebol para ela levar, e a mãe de Ana pegou as que havia na casa do sobrinho.

Enquanto isso, em Bokaro, a vida começava a se movimentar. Arjun, o chefe do pai de Artur, convidou-os para um piquenique. No domingo, ao chegar à casa de dona Kania e seu Arjun, Artur teve uma surpresa. Lá estava um colega de trabalho de seu pai, seu Nishant, com dona Leela, sua mulher, e dois filhos.

A menina Jita e o menino Pranav eram gêmeos e pareciam ter a mesma idade de Artur. Logo se aproximaram dele e começaram a conversar em inglês, fazendo um monte de perguntas. Pareciam desinibidos e alegres, demonstrando curiosidade em saber de onde ele vinha, como era o lugar onde morava e tantas outras coisas.

Artur não se incomodou com a enxurrada de perguntas, só pediu que falassem bem devagar para ele entender, pois ainda não dava para conversar em inglês tão rápido. Ele também falava devagar, formando as frases na cabeça, mas conforme a conversa progredia foi se desembaraçando.

Jita e Pranav também não conheciam ninguém em Bokaro. Tinham chegado de Calcutá havia pouco e moravam num prédio em que viviam muitas famílias com bebês e crianças pequenas.

Depois das conversas iniciais, Arjun reuniu todos e disse que o programa do dia era conhecer o Ganesh-Ji Mandir e depois fazer o piquenique que haviam combinado.

Curioso, Artur perguntou:

– O que quer dizer "Ganesh-Ji Mandir"?

– Quer dizer "Templo de Ganesha": *"mandir"* é templo, e *"ji"* é uma palavra que se usa em sinal de respeito... Não só aos deuses, pode ser usada para qualquer pessoa.

O grupo foi a pé até o templo, para conhecer um pouco mais da cidade. Havia muitas famílias nas ruas, bastante gente circulando naquele domingo de verão. E nesse dia Artur viu uma das coisas que sempre se comenta sobre a Índia: animais andando no meio da rua. No caso, era um elefante, mas ele não estava sozinho, claro. Os elefantes que andam pelas cidades e estradas são domesticados, em geral usados no turismo, levando pessoas para passear, fazendo demonstrações etc.

Apesar de terem lido muito sobre isso, Artur e os pais pararam para apreciar a cena: um homem conduzindo um elefante entre automóveis, ônibus, caminhões, *tuk-tuks*, bicicletas e pedestres.

– Agora só falta vermos uma vaca na rua! – disse o menino aos pais.

Feitas as fotos, continuaram o caminho até o templo. Antes de entrarem, Kania distribuiu as frutas que havia levado como oferenda, para que cada um ofertasse uma maçã na entrada.

Artur logo reconheceu a deusa Durga, com quem Ana havia sonhado, e a famosa trimúrti do seu sonho: Brahma, Shiva e Vishnu. Circulou pelo templo com os irmãos Jita e Pranav, e então seus olhos bateram na figura de um deus muito diferente. Os gêmeos perceberam o olhar de surpresa de Artur e sorriram.

Quando saíram do templo, a menina Jita comentou:

– Percebi que você ficou intrigado com Ganesha.

– Aquele deus é Ganesha?

– Você não o conhecia?

– Não – respondeu Artur.

– Pois então nós vamos te contar a história dele.

9
Um deus com cabeça de elefante?

— O deus Shiva era casado com a deusa Parvati – Jita começou a contar. — Shiva é um dos três deuses mais poderosos da Índia!

— Ele eu já conheço – disse Artur. – Tive um sonho com a trimúrti: Brahma, Shiva e Vishnu.

— Não acredito! – exclamou a menina.

— Nós nunca sonhamos com um deus, e você logo de cara sonhou com os três mais importantes! – comentou Pranav.

— Então vamos à história – disse Jita. – A deusa Parvati vivia com seu filho Ganesha, que tinha nascido quando Shiva estava viajando. Uma manhã, quando a deusa foi tomar banho, pediu a Ganesha para vigiar a porta da casa e não deixar ninguém entrar. Foi então que chegou seu pai, o poderoso Shiva, que estava fora havia muitos anos e não conhecia o filho.

— Que coisa! – exclamou Artur. – O pai ainda não conhecia o filho!

— Os deuses circulam muito; ora estão num lugar, ora em outro – respondeu Pranav. – Quando Shiva voltou, o filho já era grande.

— Ao ser impedido de entrar na própria casa – disse Jita, retomando a narração –, Shiva ficou furioso e cortou a cabeça do menino. Quando a mãe viu a criança sem cabeça, ficou muito brava e ordenou que Shiva recolocasse a cabeça do filho no lugar. Shiva não achou a cabeça do menino e saiu à procura de outra; o primeiro ser vivo que encontrou foi um elefante, e assim Ganesha ficou com corpo de menino e cabeça de elefante.

– Que loucura! – exclamou Artur, indignado. – Se fosse eu, exigiria minha cabeça de volta. Ele que procurasse, ora!

– Mas sabe que essa troca deveria acontecer mesmo?

– Como assim? – espantou-se Artur.

– Na Índia, o elefante é um animal sagrado – respondeu Jita. – Ele simboliza a força da mente, e cada parte do seu corpo tem um significado.

– As grandes orelhas representam a habilidade de escutar as pessoas para assimilar ideias e adquirir conhecimento. Os olhos pequenos expressam a concentração, e a boca pequena significa falar pouco – explicou Pranav.

– E a cabeçona? – perguntou Artur.

– É a inteligência – respondeu a menina.

– E a barrigona serve para digerir, quer dizer, assimilar e transformar os sofrimentos do Universo – explicou Pranav. – É como se ele tirasse o sofrimento das pessoas.

– Isso é importante mesmo! – disse Artur, impressionado. – Tem muito sofrimento no mundo para sua barrigona digerir.

– Está sabendo, hein, Artur? – disseram os irmãos.

– Estão vendo? – respondeu ele, rindo. – Sabem, tem uma coisa que me intriga: aqui é sempre assim, tudo tem um significado?

– É muito assim – disse Jita. – Por exemplo, o meu nome significa "música". E o seu, você sabe o que quer dizer?

– Ufa! Essa lição eu sei... – disse, rindo. – Cada povo dá um significado para o meu nome. Uns dizem que significa "urso", outros, que é "pedra".

– Puxa! – disse Pranav. – Já pensou, um "urso duro como uma pedra"?

Todos caíram na risada. O inglês de Artur parecia fluir cada vez com mais facilidade e, à medida que conversavam, iam se conhecendo melhor. Eles tinham coisas em comum: eram curiosos, queriam saber o porquê das coisas, gostavam de música e de futebol. Bem, até então era o que tinham descoberto, pois a conversa ainda não havia chegado nas coisas de que não gostavam.

Curioso para saber mais, Artur retomou o assunto do deus elefante.

– Ganesha é um dos deuses mais queridos da Índia – disse Jita.

– Por quê? – quis saber Artur.

– Um dos motivos é ele ter as qualidades do elefante.

– E o outro?

– Ganesha lutou contra o demônio e o venceu – respondeu Pranav.

– Puxa! Então ele é importante mesmo!

– Você disse tudo. Mas tem uma coisa que eu garanto que você não adivinha – disse Jita.

– O que é? – quis saber Artur, intrigado.

– Qual é o animal que transporta Ganesha?

– Pelo jeito não é cavalo, burro nem mula – disse Artur. Pensou um pouco e arriscou: – Por acaso é o tigre indiano, o famoso tigre-de-bengala?

– Nã, nã, nã, nã, nã! – disseram os irmãos, rindo.

– Uma vaca?

– Está frio, muito frio!

Artur lembrou-se dos macaquinhos que tinha visto no parque.

– Ah, já sei. É um macaquinho!

– Esquentou, mas ainda não chegou lá.

Lembrou-se dos animais que havia no terreno perto da casa dele.

– Bode!

– Não!

– Já sei, um cachorro!

Negativa com a cabeça.

– Ah, é um gato!

– Não.

– Está bem, eu desisto!

– Mas agora que está ficando quente!

– Elefante, leão, rinoceronte! – lançou tudo de uma vez.

– Nananananã!

– É a naja, por acaso?

Eles sacudiram a cabeça, e Artur desistiu.

– Vamos lá, quem carrega esse deus tão pesado?

10

Inteligência, sabedoria e sorte... quer mais?

— Você não vai acreditar! Quem carrega Ganesha é um rato.

— O quê?!

— Isso mesmo. Em algumas estátuas, Ganesha aparece montado em um rato.

— Deve ser muito engraçado.

— Para nós é normal, porque esse não é um rato comum.

— Como ele é?

— A história é a seguinte – começou Jita. – Um poderoso iogue passou a se dedicar ao mal e expulsou os deuses do paraíso, tornando-se um demônio. Os deuses pediram ajuda a Ganesha. A luta foi difícil, o demônio era muito forte, nada o atingia. Lutaram muito, e nenhum dos dois vencia. Então Ganesha teve uma ideia: fez um esforço "elefantíaco" – todos deram risada nessa hora –, arrancou uma presa do seu rosto e jogou-a em cima do demônio com toda a força. O demônio caiu ferido, e Ganesha lançou uma maldição sobre ele, transformando-o num rato. A maldição deu certo, Ganesha montou no rato e o domou.

— Por isso, também, Ganesha é tão querido! – comentou Pranav. – Ele não só venceu o demônio mas também conseguiu domá-lo!

– Dizem que o rato representa a mente – falou a menina. – Domando o rato, Ganesha está domando a própria mente.

– Como assim? – perguntou Artur, intrigado.

– Ganesha não é escravo da mente, é ele que domina a mente, não a mente que o domina – explicou Jita.

– Puxa, nunca pensei assim. Sempre pensei que a mente fizesse parte da gente, sem a possibilidade de um dirigir o outro.

– A ioga diz que, quando a pessoa domina a mente, atinge a liberdade e o poder sobre o próprio corpo. Só assim alguém pode ser dono das suas vontades – comentou Pranav.

– Quer dizer que eu sou totalmente dominado pela minha mente? – perguntou Artur.

– Você e a maioria das pessoas, como Pranav e eu – respondeu Jita, sorrindo.

– Ufa! Ainda bem que não estou sozinho – respondeu Artur, aliviado.

– Como Ganesha dominou a mente, é considerado o deus da inteligência, da sabedoria e da sorte – completou Jita.

– Não sobrou pra mais ninguém – disse Artur, sorrindo.

Conversando, eles chegaram a um belo parque, com um grande lago, brinquedos para crianças e mesas e bancos para piquenique. Havia bastante gente, mas, como era muito grande, tinha espaço para todos.

As mulheres tinham levado sacolas com comida, e a refeição foi bem variada. A mãe de Jita e Pranav preparou o hambúrguer indiano, feito de batata, e *lassi*, o refresco de iogurte com água de rosas. Dona Kania levou *samosa*, o pastel da Índia, com dois recheios: frango e legumes. E a mãe de Artur preparou cuscuz paulista e brigadeiro – ela tinha levado na bagagem alguns ingredientes brasileiros, como farinha de milho e mandioca, leite condensado etc.

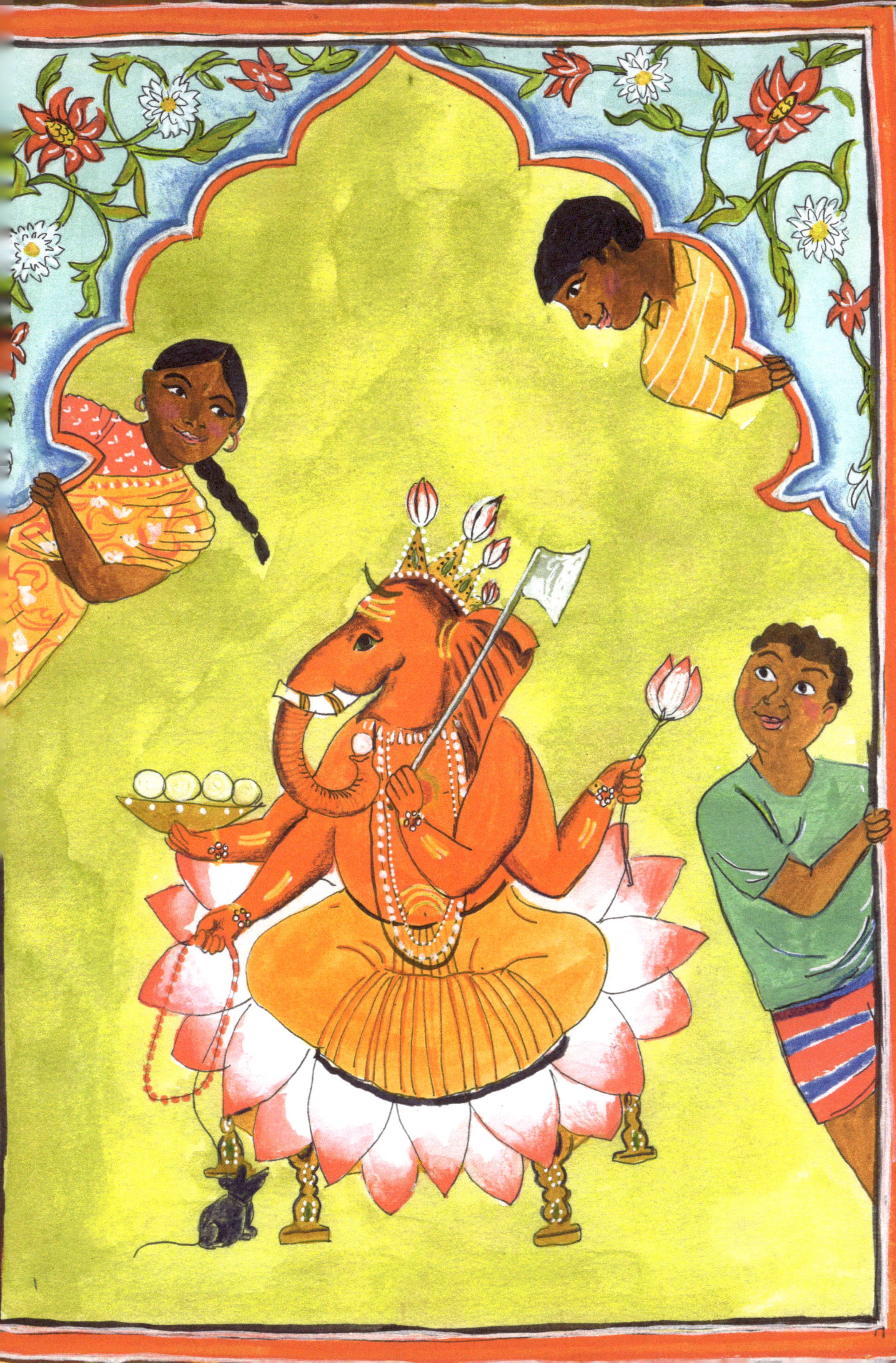

Artur gostou dos pastéis, e o pessoal adorou as comidas brasileiras. Enquanto comiam, contou o sonho que ele e Ana tinham tido com Brahma, Shiva, Vishnu e Durga. Os gêmeos invejaram Artur, porque era raro as pessoas sonharem com deuses, e todos acharam que esses sonhos deviam ter um significado.

– Nossa religião tem muitas festas – disse Pranav. – Comemoramos os deuses com música, flores, luzes, cores...

– ... comidas e oferendas – completou Jita.

A conversa, então, mudou para a escola. Eles foram caminhando de volta enquanto Artur falava do seu colégio, dos amigos brasileiros, do futebol e do *taekwondo*. Jita perguntou se todos falavam inglês no Brasil.

– No Brasil, falamos português. O inglês é ensinado na escola, mas não falamos a língua no dia a dia, a menos que a gente conheça um estrangeiro.

– Você fala bem o inglês – disse Pranav.

– Pra dizer a verdade, nem acredito que estou falando tanto! Sei mais do que imaginava. Acho que foi o método da professora de inglês do colégio, porque ela ensina a falar antes de escrever. Isso ajuda muito!

Chegaram à casa de Kania e Arjun para tomar um chai. Assim que entraram, o celular de Artur tocou. Por sorte, ele havia pedido a senha do *wi-fi* antes de saírem para o piquenique.

II
Novidades de cá e de lá

Era Ana, toda animada.

– Artur, já está tudo acertado. Vamos até Calcutá e de lá tomamos um avião para Bokaro. O vovô e a vovó cuidaram de tudo rapidinho!

– Isso é que é eficiência! Eles são demais, mesmo! – disse Artur, na maior felicidade.

– Um dia antes de voltar para o Brasil, vamos a Calcutá – contou Ana. – Vai ter uma festa no *ashram* de despedida do grupo brasileiro.

– Podemos ir todos juntos para Calcutá – disse Artur. – Você sabe que dia vai ser a festa?

– No domingo.

– Ótimo! Assim meu pai também poderá ir – disse Artur.

Desligando o celular, Artur foi correndo contar as novidades aos pais. Graças a Ana, ele era sempre o primeiro a receber as notícias da família.

No dia seguinte, começavam as aulas do garoto. Tanta coisa tinha acontecido nos últimos dias que ele até tinha se esquecido disso. Na segunda-feira de manhã, Artur foi para a escola internacional, onde estudavam os estrangeiros que não falavam a língua local, e Jita e Pranav foram para a escola local. O colégio de Artur ficava no setor central, o dos gêmeos era perto da casa deles. Artur levava quinze minutos de ônibus, mais o tempo de espera da condução; os irmãos iam a pé, em quinze minutos chegavam ao colégio.

Os indianos, em geral, são bastante extrovertidos, mas numa escola internacional, com estrangeiros de diversas partes do mundo, ficavam mais fechados. Estavam todos na mesma situação de Artur: país novo, desconhecido, sentiam-se tímidos, não sabiam bem como se comportar.

Mesmo assim, logo no primeiro dia Artur conversou com diversos colegas de classe, mas não sentiu muita afinidade por nenhum. O colégio era misto, mas as classes eram separadas entre meninos e meninas, ao contrário do seu colégio no Brasil. No recreio, as turmas femininas e masculinas se encontravam.

A aula de Artes, única que reunia meninas e meninos, foi a mais interessante. A professora dava aula num galpão no quintal, cheio de materiais, tintas e sucatas. A proposta era percorrer os arredores da escola, observar tudo, escolher alguma coisa marcante e desenhar. O melhor foi que, na primeira aula, a professora pediu que os alunos se apresentassem e dissessem de que país vinham e o que gostavam de fazer. Em seguida, liberou a turma para conhecer o bairro. Artur gostou bastante de ouvir os outros alunos e mais ainda de sair para explorar a região.

As outras aulas não apresentaram nada de especial, mas, de modo geral, Artur gostou da escola. Ainda não tinha feito um amigo quando, na segunda semana de aula, entrou um aluno novo na classe. Richard tinha nascido na Austrália, mas fora criado no Paquistão, para onde a família havia se mudado. Depois que o pai morreu, eles se mudaram para Calcutá, onde a família de sua mãe morava. Viúva, a mãe precisava trabalhar em dobro: prestou um concurso e foi selecionada para o hospital municipal de Bokaro, mudando-se para lá com o filho.

Richard, que era conhecido como Ringo, e Artur, os dois novos estudantes da classe, se enturmaram de imediato. Passaram a se sentar perto e estavam sempre juntos.

No Brasil, Ana sonhava acordada com a viagem. Empolgada em saber mais sobre a Índia, propôs aos colegas que assistissem juntos a um filme de Bollywood. Escolheram meio a olho *Queen*, e a história surpreendeu todos. Uma garota abandonada pelo noivo dois dias antes do casamento fica completamente arrasada. Os meninos da turma brincaram dizendo que devia ser o contrário – a moça devia abandonar o noivo, para ele poder viajar. Então começaram a comentar o filme, cada um dando sua opinião. Gostaram porque a moça não se entregou, não se deprimiu; ao contrário, a noiva abandonada se reinventou, fazendo algo que nem mesmo ela imaginava ser possível.

– Sabe – disse Ana –, fiquei pensando que ela fez isso porque se sentiu livre, não tinha mais nada a perder e, em vez de ficar chorando, se reinventou aventurando-se pelo mundo.

– É isso que eu tenho vontade de fazer – disse sua colega Maitê.

12
Festival Ganesha

Com a amizade de Ringo, a escola ficou muito mais interessante. Durante a aula de Inglês, a professora comentou que o Ganesh Chaturthi – o Festival Ganesha – estava próximo.

Bokaro começou a se preparar para a festa com muita antecedência. Os artesãos construíam as estátuas e os adornos para a decoração das ruas, e as pessoas iam às compras para enfeitar as casas. As principais avenidas do setor central – o chamado Setor 4 – foram decoradas com grandes colunas e objetos coloridos, e imagens dos deuses foram espalhadas pelos pontos mais importantes da cidade.

Numa praça, foi montado um grande portal, que dava acesso ao palco onde se encontrava uma enorme estátua de Ganesha. Artur estava sempre pesquisando e conversando com os amigos sobre os deuses hindus, por isso conhecia o significado das peças que Ganesha carregava em cada uma de suas quatro mãos. Na primeira, ele tinha uma machadinha, para destruir os obstáculos; na segunda, um chicote, representando a força que leva uma pessoa a Deus; a terceira mão estava abençoando; e a quarta segurava uma flor de lótus, que simboliza o topo da evolução humana.

A cidade estava toda decorada, e Artur estava animado com o festival que ia começar; mas sua empolgação maior era com a vinda de dona Sofia, seu Heitor e Ana. Quando os avós e a prima chegaram do Brasil, foi uma alegria! Eles ficavam animados com tudo o que viam, só as olheiras demonstravam o cansaço da viagem.

Madalena havia reorganizado a casa para receber a família. Ela e Miguel deixaram o quarto de casal para dona Sofia e seu Heitor e ocuparam o quarto de Artur. Ele e a prima usariam os sofás da sala como camas. Durante o dia, o quarto dos avós também seria de Ana, pois era lá que ela guardaria as roupas.

A primeira coisa que dona Sofia e a neta fizeram foi abrir as malas para tirar os presentes que traziam. Seu Heitor levou a sacola com alimentos para a cozinha e foi conversar com Miguel no quintal enquanto Madalena preparava um refresco de maracujá indiano, parecido com o brasileiro. Artur abriu a sacola e encontrou paçoquinha, leite condensado e chocolate para fazer brigadeiro, polvilho e queijo para fazer pão de queijo, feijão-preto, feijão-fradinho, feijão-roxinho, farinha de mandioca, farinha de milho, queijo meia cura, castanha de caju etc. Um verdadeiro baú de tesouros!

Ana desceu as escadas chamando por Artur. Ele correu ao encontro dela e recebeu vários embrulhinhos que os amigos haviam mandado, todos com bilhetinho. O primeiro presente que ele abriu foi o maior. Quando viu que era de Rita, ficou emocionado.

– Rita não se esqueceu de mim!
– Por que se esqueceria? – perguntou Ana.
– A viagem, a distância...
– Quem gosta, gosta – respondeu Ana.
– Olha que eu vou acreditar, hein? – disse Artur com um sorriso.
– Pode acreditar – respondeu ela, contente por ver o primo feliz.

Rita tinha mandado um *pen drive* com músicas e um livro de que ela tinha gostado muito e achava que ele também ia curtir. Era *A Ilíada e a*

Guerra de Troia, a história que se passava antes da *Odisseia*, que eles tinham lido no ano anterior.

Artur deu um pulo de alegria e queria logo ligar para Rita, mas Ana pediu que ele abrisse os outros presentes primeiro. Maitê mandou um livro de contos brasileiros, que ele adorou, e João, Renato e Juca enviaram camisas de times de futebol, com bilhetinhos e outras lembrancinhas. Então Ana deu as pedrinhas para Artur, relembrando com o primo as situações em que elas haviam sido apanhadas. Artur pegou a última – aquela que eles tinham apanhado embaixo da mangueira quando acordaram do sonho que haviam tido do Monte Olimpo – e a apertou com força. Deu um abraço em Ana, pegou a prima pela mão e saiu pulando com ela pela sala.

– Agora, se vossa excelência me permite, vou ligar para Rita – disse ele.

Enquanto Artur fazia a ligação, Ana foi para o quarto tirar as roupas da mala. Dona Sofia estava arrumando suas coisas no armário e a menina se juntou a ela.

Quando a avó e Ana desceram, Artur pegou na mão da prima e saiu de novo pulando pela sala.

– Pelo visto foi boa a conversa, hein? – disse a prima, dando uma piscadinha para ele.

13
Rita

Agora que estavam todos juntos no quintal, dona Sofia mostrou os livros que haviam trazido.

— Heitor e eu fizemos uma pesquisa e selecionamos algumas obras sobre a cultura indiana – disse ela. – Amanhã ou depois, vamos comentar os livros.

— Tem alguma coisa sobre Ganesha? – perguntou Artur.

— Tem, sim – respondeu o avô.

— Depois eu quero ler – disse ele, e virou-se para Ana, interessado em ouvir o que ela tinha a contar sobre a escola, os amigos e Rita.

Tiveram um almoço bem caseiro e agradável, mas os recém-chegados estavam quase caindo de sono ao final. Como era dia e haveria movimentação na sala e na cozinha, Miguel levou os almofadões do sofá até o quarto para Ana dormir ao lado dos avós.

— Até amanhã! – disse Madalena, com um sorriso.

— Até amanhã, não, até a noite! – respondeu seu Heitor, e dona Sofia concordou com ele.

— Quando chegamos, também imaginamos que dormiríamos algumas horas e fomos até o dia seguinte. Depois dessa longa viagem, é mais do que merecido.

– Bom descanso! Durmam o quanto quiserem – disse Miguel.

– Amanhã a gente conta quantas horas foram – disse Artur, dando uma piscadinha.

E não deu outra. Passou a tarde, chegou a noite, e eles dormindo...

Enquanto isso, em vez de mandar mensagem para os amigos ou fazer uma chamada em grupo, Artur ligou para cada um deles separadamente para agradecer os presentes. Foi muito bom ter tido esses papos individuais. Deu para saber um pouco mais de cada um e para falar melhor dele mesmo.

Então decidiu ligar para Rita de novo. Dessa vez, foi para o quintal, mas a conexão estava fraca e ele não conseguiu completar a chamada. O roteador ficava no andar de cima. Entrou em casa. Os pais tinham subido para o quarto e a sala estava vazia. Deitou-se no sofá e ligou. Rita atendeu no primeiro toque.

Artur contou os sonhos que ele e Ana tinham tido antes de saber que se mudaria para a Índia, falou dos amigos que tinha feito, da nova escola e da casa em que morava.

Rita ouviu sem interromper e, no final, comentou com doçura que ele era uma pessoa muito legal, querida pelos amigos, e que ela gostava muito dele. Emocionado com a resposta, Artur falou, impulsivamente:

– Eu te amo, Rita!

Depois que a frase saiu, ele se assustou! Aquilo tinha sido uma resposta espontânea à fala dela. Mas era o que ele sentia.

Do outro lado da linha, silêncio. Artur prendeu a respiração. Com o coração aos pulos, fez figa com as mãos e esperou. Pensou que a ligação tivesse caído, quando uma voz disse baixinho, do outro lado do planeta:

– Eu também, Artur...

Ele deu um suspiro de alívio tão forte que ela deve ter ouvido lá no Brasil. Então atacou:

– Você também o quê?! – perguntou, bem-humorado.

Ela deu uma risadinha.

– Quero ouvir...

– Eu também te amo – disse ela, um pouco mais alto.

– Uhuuuu! Em junho do ano que vem eu volto, passa rápido...

– E a gente começa a namorar...

– Acho que já começamos, não? Não precisamos estar na mesma cidade para namorar.

– É... Vamos namorando pelo celular...

– Rita, Rita, Rita...

– Estou muito feliz – falou ela, sempre em voz baixa.

– E eu?! Estou doido de alegria! Tenho vontade de sair pulando pela rua.

– Nada disso, não quero que meu namorado seja atropelado por uma vaca – disse ela, rindo.

E a conversa prosseguiu por muito tempo. As mãos e os braços já estavam cansados de segurar o celular quando eles desligaram. Então Artur ouviu um barulho. Alguém descia a escada.

14
Que boa descoberta!

No dia seguinte, começaria o Festival Ganesha. A cidade estava inteirinha enfeitada e iluminada. Luzes coloridas eram projetadas sobre as estátuas, as figuras dos deuses giravam e se mexiam, e algumas delas encenavam trechos de sua própria história.

Artur foi com Ana e os colegas da escola à abertura da festa. Marcaram um encontro com os pais e avós à noitinha, na praça de alimentação, e mergulharam naquela área enorme do festival. O grupo ia caminhando devagar, olhando para todos os lados e descobrindo novidades no alto, dos lados, à frente. Uma multidão rodeava a estátua de Ganesha, formando uma longa fila. Eram muitas as pessoas para homenagear o deus menino: crianças com oferendas de flores, frutas e doces, adultos agradecendo. Sem entrar na fila, eles foram caminhando em direção ao local em que o homenageado da festa se encontrava.

Artur havia dito a Jita e Pranav que eles poderiam se encontrar na festa, mas não marcaram nada, porque sabiam que haveria gente demais e seria difícil agendar um ponto de encontro e um horário. E não é que eles acabaram se encontrando no meio da multidão?

Quando chegaram junto ao palco de Ganesha, estava começando um espetáculo. Três mulheres usando tornozeleiras com guizo dançavam, acompanhadas por um músico que tocava *pakhawaj*, um tambor comprido colocado na horizontal e tocado nas duas extremidades. Seu som era suave e fazia a base musical, os guizos davam o destaque. Um músico velhinho e três dançarinas de idades diferentes – adolescente, adulta e meia-idade – faziam o espetáculo.

Artur admirou o instrumento que não conhecia, e Ana, a habilidade das dançarinas, que fizeram uma apresentação alegre e animada. Quando terminou, o grupo desceu do palco, porque ali entrava um espetáculo atrás do outro.

À noite, a cidade ficou ainda mais bonita. Na avenida, carros, caminhões, tratores, animais e bicicletas desfilavam enfeitados com a imagem de Ganesha, o deus da bem-aventurança.

No meio da multidão, que ia aumentando, Ana, Artur e os gêmeos abriam espaço para conversar e caminhavam, formando um grande grupo com Ringo e os colegas de classe de Artur. Quando sentiram fome e sede é que se lembraram de que haviam combinado com a família de se encontrarem numa barraca de comida à noite.

Depois de comerem, foram para casa e desmaiaram na cama.

No dia seguinte, Artur saiu para a escola enquanto Ana e os avós dormiam. Voltou para casa animado e encontrou todos à espera dele para almoçar. Terminado o almoço, propôs a Ana que fossem até uma praça que ficava lá perto. Havia bancos, gramados, flores, arbustos, algumas árvores frondosas e crianças brincando, jogando bola, pedalando.

Os primos escolheram a árvore que dava a maior sombra e se deitaram embaixo dela, como faziam na casa dos avós. Quando olharam para cima, viram umas frutas muito conhecidas. Artur se levantou e apanhou uma delas. O cheiro, o formato e a cor não enganavam: era manga!!!

– Não acredito! – disse Artur.

– Parece com a nossa mangueira! – disse Ana na maior alegria.

15
Debaixo da árvore

Encantados com a energia dessa mangueira e com sua deliciosa sombra, Ana e Artur deixaram o pensamento voar. E ele foi voando, voando, voando até aterrissar no meio de uma floresta.

Os meninos olhavam ao redor e se perguntavam onde estariam. Começaram a caminhar pela mata com todo o cuidado. Olhavam para os lados e não viam nada além das árvores. Então apareceu um riacho. Eles pararam e ficaram observando aquela água transparente, procurando localizar de onde vinha. Virando para trás, enxergaram uma pequena cascata que corria pela montanha e formava esse córrego, que se embrenhava pela mata e estava ali, ao lado deles.

– Essa água é tão limpa que dá vontade de entrar... – disse Ana.

– Olha só a correnteza que tem! – observou Artur.

– É mesmo! Além disso, a gente não sabe a profundidade do rio.

E os dois continuaram a caminhar. Andaram bastante, mas não avistaram bichos nem pessoas. Já estavam cansados quando surgiu uma clareira. Sentaram-se debaixo de uma árvore e ficaram olhando a paisagem. De um dos lados, mais à frente, havia um pequeno lago.

Abandonando a sombra da árvore, eles se aproximaram do lago e ouviram uma voz que dizia:

– Ana, Artur, eu estava esperando por vocês!

Assustados, os primos pararam. Olharam ao redor e não enxergaram ninguém.

– Quem disse isso? – perguntou Artur.

– Não estou vendo ninguém – falou Ana.

– Mas agora vocês vão me ver – disse uma figura saindo do arvoredo.

– Brahma! – exclamou Artur.

– Em pessoa! – respondeu ele, sorrindo.

– Sonhei com você outra noite – disse Artur.

– Eu sei – disse Brahma.

– Você tem quatro cabeças?! – espantou-se Artur. – No meu sonho, você só tinha uma...

– Era a primeira vez que você me via, e eu não quis assustá-lo. Agora, como estamos lado a lado, é diferente.

– Você acha mesmo?! – exclamou Artur, bastante assustado.

Ana estava tão impactada por aquela figura que não dizia nada, só olhava... Uma cabeça virada para a frente, uma para o lado esquerdo, outra para o lado direito e a última para trás. Era muita cabeça!

– Tenho uma cabeça para cada ponto cardeal: norte, sul, leste, oeste.

– Assim fica fácil enxergar, não? – disse Ana, finalmente arriscando uma piadinha.

– Gostei de vocês – disse o deus da *trimúrti*. – Não se apavoraram com a minha aparência, como muitas vezes acontece.

– Pra falar a verdade, eu me assustei. É a primeira vez que vejo alguém com mais de uma cabeça – disse Ana.

– E você tem logo quatro! – brincou Artur. – Não facilita para as pessoas...

Todos riram. Apesar da aparência assustadora, a princípio, aquele deus era muito simpático, e os meninos se sentiram à vontade ao lado dele.

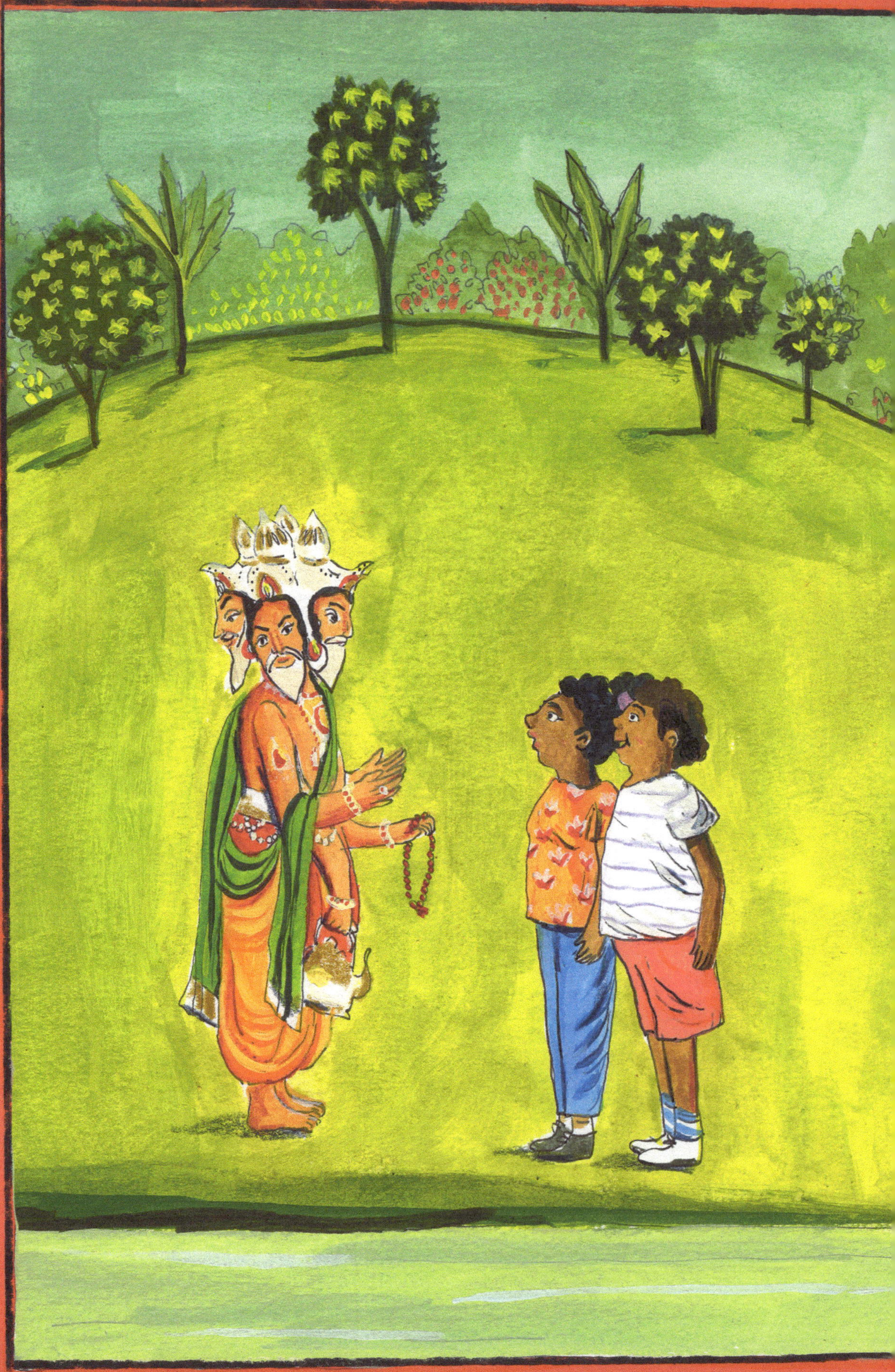

– Onde estamos? – quis saber Ana.

– Estamos no Monte Meru, a morada dos deuses, e vocês são meus convidados – respondeu Brahma.

Os primos se olharam, animados, percebendo que dali vinha coisa...

– Vou levá-los para conhecer a deusa Durga, a Mãe do Universo e da Natureza.

– Sabe que eu sonhei com ela, Brahma? – disse Ana.

– Não é comum as pessoas sonharem com deuses. O que é que vocês aprontaram para sonhar assim? – perguntou ele.

Os primos se olharam, e Artur respondeu:

– Antes de me mudar para a Índia, sonhei com a trimúrti. Eu nem sabia o que era, imagine! E já fui sonhando com os maiorais.

– Pois então escolhi bem! – disse Brahma. – Vamos fazer um passeio pelos bosques até a casa de Durga.

– Oba! Natureza é com a gente mesmo! – disse Artur.

– Seguindo em frente, há uma bifurcação – explicou o deus. – Do lado esquerdo, começa a Trilha da Tartaruga, do direito, a Trilha da Cobra.

– Vamos pela Trilha da Tartaruga? – perguntou Ana, já fazendo sua escolha.

– Vamos, sim. Kurma, uma tartaruga gigante, fica embaixo do Monte Meru, sustentando-o. No início dos tempos, os deuses amarraram a cauda de uma enorme cobra nessa montanha e seguraram seu corpo com firmeza no mar. Ela agitou tanto as águas que as transformou em leite, e a espuma desse leite nos trouxe muitos presentes, como a deusa Lakshmi.

– Onde está essa cobra agora? – perguntou Artur.

– A trilha tem esse nome por causa dessa cobra. Ela não existe mais – respondeu Brahma –, mas a tartaruga existe.

– E os demônios? – perguntou Ana. – Li que os deuses lutaram contra vários demônios.

– Durga derrotou um demônio, Ganesha derrotou outro – comentou Artur.

– As deusas Kali e Parvati, assim como o deus Shiva, também lutaram e venceram demônios – acrescentou Brahma.

Percebendo que os meninos estavam um pouco apreensivos, ele resolveu tranquilizá-los:

– Não precisam se preocupar, aqui não há demônios – disse Brahma.

Os primos se olharam, intrigados.

– Como isso aconteceu? – perguntou Ana.

– Estamos vivendo uma era de muita tranquilidade – disse Brahma –, de boas energias, e isso afasta os demônios.

– Quer dizer que, se os deuses estiverem fazendo sempre coisas boas, os demônios não aparecem? – perguntou Artur.

– Isso mesmo – respondeu Brahma. – Na Terra é a mesma coisa: quando as pessoas estão agindo bem, dificilmente um demônio vai atacar.

– Na Terra não tem demônios – disse Artur.

– Demônio não precisa ser uma figura com chifres, rabo e patas de bode. Pode ser uma doença, os maus pensamentos, um mal-estar contínuo ou coisas maléficas que perturbam.

Estavam nessa conversa quando, repentinamente, Brahma desapareceu.

16
Vencendo o medo

Os meninos olharam para todos os lados, voltaram um pouco pelo caminho por onde vinham, e nada! Era muito estranho; parecia que Brahma havia se eclipsado. Sem ruído, sem movimento e sem explicação.

Mas não adiantava pensar nisso agora. O Sol já estava baixo, logo anoiteceria; eles precisavam agir logo.

Tiveram, então, a ideia de voltar para a clareira junto ao lago, onde haviam encontrado Brahma. Quando chegaram lá, já escurecia. Estava tudo silencioso. Completamente silencioso! Não se ouvia ruído algum, nem mesmo de animais. Os pássaros já se haviam recolhido às árvores. Tudo estava quieto.

Artur e Ana se olharam, assustados. Como passariam a noite? Onde iriam se abrigar?

Caminharam à procura de um abrigo, mas acabaram desistindo. Se entrassem numa caverna ou em algum recanto fechado, seria mais difícil fugir de lá se algum perigo aparecesse. Então decidiram encostar no tronco de uma grande árvore e se aquietar.

Ana se lembrou da meditação da aula de ioga e disse ao primo que seria uma boa ideia para eles se tranquilizarem.

– Vamos fechar os olhos e nos concentrar na respiração, fazendo inspirações e expirações profundas.

E assim eles fizeram.

– Os pensamentos vão aparecendo na mente e a gente tenta não se fixar neles – disse Ana. – Vamos deixar os pensamentos chegarem e partirem, sem nos apegarmos a nenhum.

Concentrados na respiração, no silêncio e na escuridão da noite, eles foram se acalmando. Parecia que tinham se esquecido de onde estavam. De tempos em tempos, abriam os olhos e olhavam ao redor; não viam nada e voltavam a fechá-los. Tentavam apurar o ouvido para ver se conseguiam ouvir alguma coisa, mas o silêncio era completo – como tinha sido durante o dia.

A meditação ajudou, e o cansaço também contribuiu. Tinham caminhado bastante durante o dia, e o corpo pedia descanso. O susto que haviam levado, de se encontrarem sozinhos no meio de uma trilha dentro de um bosque desconhecido, deixaria qualquer um exausto. O sono chegou logo e, sem se dar conta, eles adormeceram.

No dia seguinte, quando abriram os olhos, havia um deus olhando para eles, como se velasse o seu sono.

Esfregaram os olhos para acordar e olharam melhor a figura que estava ao lado deles. Era um jovem bonito, de pele brilhante e cabelos escuros.

– Bom dia, Ana, bom dia, Artur! – exclamou o deus ao vê-los acordados.

– Bom dia! – exclamou Artur.

– Bom dia! – respondeu Ana.

– Estou aqui a pedido de Brahma, que teve de se ausentar repentinamente. Vim correndo assim que ele me avisou e passei a noite ao lado de vocês, para protegê-los.

– Que legal! – disse Artur. – Muito obrigado!

– Quanta honra! – falou Ana. – Muito obrigada!

– Brahma falou muito bem de vocês.

– Qual é o seu nome? – perguntou Ana.

– Sou Agni, deus do fogo e mensageiro dos deuses!

– Muito prazer, Agni!

Os meninos ainda não tinham percebido que esse deus tinha... duas cabeças! Quando ele se virou um pouco é que viram a cabeça de trás. Ainda sonolentos, eles se assustaram com aquilo.

– Não fiquem assustados com minhas cabeças.

Eles deram uma risadinha... Tinham passado a noite no meio de uma floresta desconhecida, com o deus do fogo velando o sono deles. Quer mais? As duas cabeças, agora, eram o de menos. Pois Brahma tinha quatro, e eles tinham conversado e passeado com ele numa boa, não é mesmo?

– Agni, você foi muito legal de passar a noite ao nosso lado – disse Ana.

– Você foi demais, Agni, não temos como agradecer! – falou Artur.

– Brahma me contou que vocês sonharam com os deuses hindus no Brasil, antes de saber que vinham para a Índia.

– Isso mesmo, Agni. E ontem encontramos Brahma aqui mesmo; ele estava nos levando para a casa de Durga quando desapareceu de repente.

– Brahma mandou pedir desculpas: não devia ter sumido dessa forma, sem avisar, por isso me mandou vir aqui para cuidar de vocês.

– E você cuidou muito bem, pois dormimos a noite toda!

– Tivemos um sono ótimo, nem parecia que estávamos sozinhos, no meio de uma floresta.

– Pois bem, então mãos à obra! – disse o deus do fogo, sorridente.

17

Os Bosques Aromáticos

Escoltados pelo deus do fogo e mensageiro dos deuses – o simpático Agni –, Ana e Artur retomaram o caminho que haviam feito no dia anterior até chegarem à bifurcação a que Brahma havia se referido.

Entraram na Trilha da Tartaruga, que era estreita a princípio, mas em pouco tempo se alargou, e um bosque com florzinhas brancas e perfumadas ocupou seu espaço.

– Que perfume delicioso! – exclamou Ana.

– É de jasmim! – falou o mensageiro dos deuses. – Esta florzinha branca é o jasmim!

– Como é bonita! – exclamou Ana.

– Tão pequenina e tão perfumada – comentou Artur.

– Este é o Bosque do Jasmim – disse Agni. – Com o jasmim são feitos perfume e um chá que os indianos adoram!

Aos poucos, o odor foi mudando.

– Que perfume diferente... – comentou Artur.

– Ah! Este é o Bosque do Cardamomo.

– Cardamomo?... – Ana fez cara de quem não entendeu.

O mensageiro dos deuses deu um sorriso e explicou:

— Cardamomo é uma semente aromática usada em refrescos, chás, pães e sobremesas.

— Hum! — fez Artur. — E tem um cheiro muito gostoso!

Pelo caminho, as plantas e os odores foram mudando, e a paisagem também. Passaram pelo Bosque do Cravo-da-índia e se lembraram do beijinho, aquele docinho de coco que vem com um cravo em cima... e também da canjica e do arroz-doce.

Pouco depois, chegaram ao Bosque da Noz-Moscada, de cheiro mais suave que o cravo, mas bastante aromático. Então veio o Bosque da Mostarda...

— Agora, um bosque com flores brancas e amarelas.

— Que planta é esta?

— Mostarda branca e mostarda amarela.

— É dela que se faz a mostarda que a gente coloca no hambúrguer? — perguntou Artur.

— É sim. Da semente da flor se faz a mostarda que se usa na comida.

— Tem um cheiro diferente, meio ardidinho!

Enquanto admiravam aquele bosque bicolor, começaram a sentir o cheiro do bosque seguinte. Muito suave, delicado.

— Estamos no Bosque da Erva-Doce...

— Essa nós conhecemos! — exclamou Ana.

— Nossa avó sempre faz chá de erva-doce — disse Artur.

— Como a mostarda, é da semente da flor que se faz o chá.

— Que passeio incrível! — exclamou Ana.

— Incrível mesmo! — disse Artur. E, mudando de assunto, perguntou: — Agni, queria saber uma coisa: Por que você tem duas cabeças?

— Como deus do fogo, sou seu representante para o bem e o mal. O fogo purifica e também destrói... Uma cabeça é a da purificação, a outra é a da destruição.

— Como você usa essas cabeças?

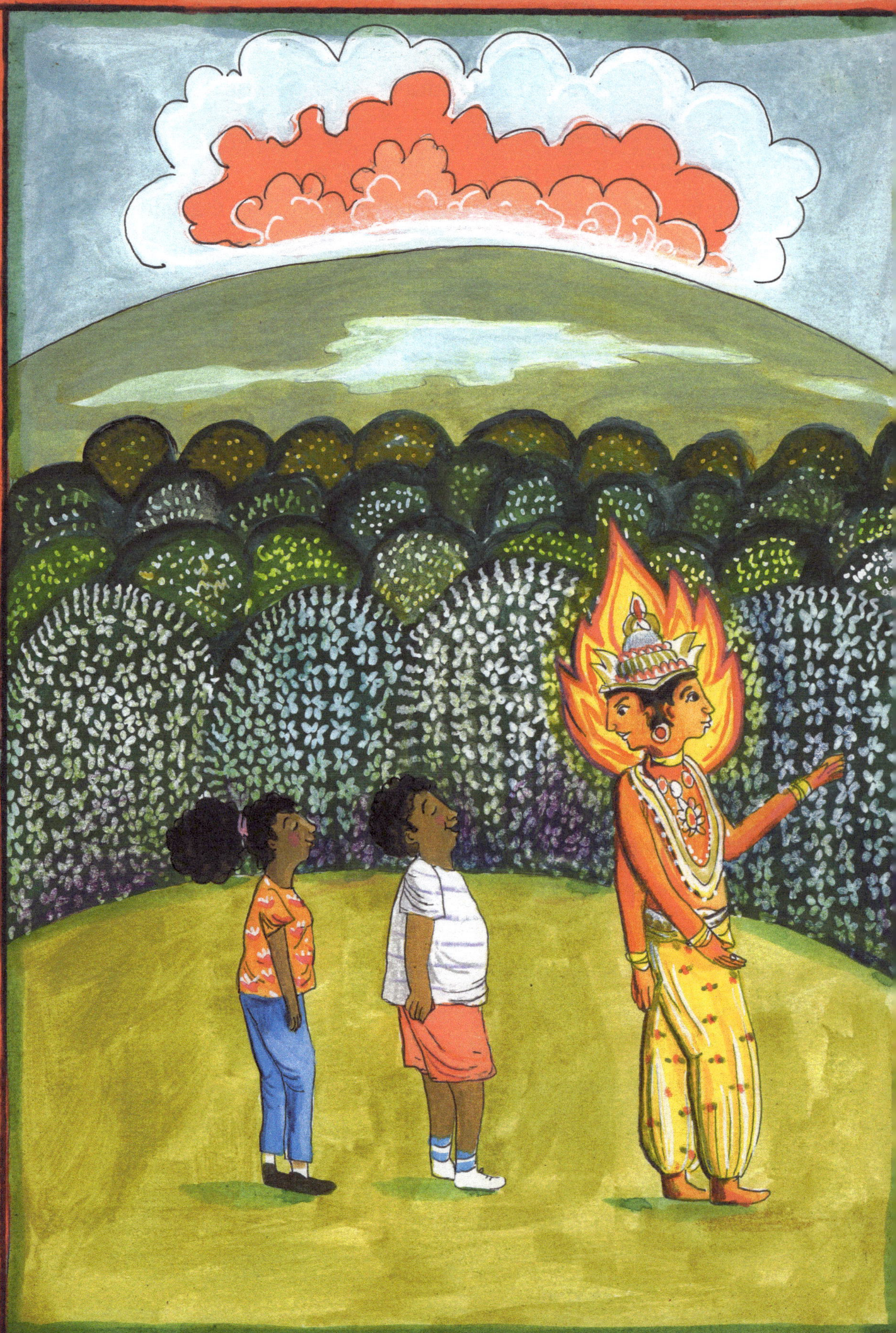

– A cabeça da purificação é a que uso com os deuses e as pessoas, oferecendo calor e limpeza; a cabeça da destruição eu uso para queimar o mal do mundo até transformá-lo em cinzas.

– Puxa, que trabalho importante!

– Ajudar as pessoas e os deuses e protegê-los destruindo o mal...

Iam assim entretidos, admirando o Bosque da Canela, quando Ana deu um grito. Sentindo um sussurrar, olhou para o chão e viu uma cobra se aproximando. Rapidamente deu um pulo para a frente, puxando Artur pela mão.

– Parabéns, Ana! Você foi rápida! – disse Agni. – Nem tive tempo de agir.

Com o grito e a movimentação, a cobra desapareceu. Pelo menos aos olhos deles.

– Acho melhor a gente sair daqui – disse a menina.

– Brahma nos disse que a Trilha da Cobra era a outra, que esta é a Trilha da Tartaruga – comentou Artur.

– E é mesmo – confirmou Agni. – As cobras desta trilha não são venenosas como as da Trilha da Cobra.

– Ufa! – exclamou Ana. – Ainda bem!

– Mesmo assim, não é bom ser picado – disse Artur.

– Vejam! Estamos chegando – disse o mensageiro dos deuses, apontando para a frente.

Os meninos avistaram o telhado de uma casa encoberta por árvores e flores. À medida que caminhavam, conseguiram distinguir uma figura de perfil, com as mãos num recipiente alto e largo. A casa parecia saída de um conto de fadas: branquinha, com telhado de barro, portas e janelas de madeira e um jardim com flores coloridas e árvores frutíferas. Quando estavam próximos, a figura ouviu o ruído e se virou para ver o que era.

Ao verem aquela figura de frente, escurecida pela sombra de uma grande árvore, eles pararam, assustados. Chamaram Agni, que continuava a caminhar na frente deles. O deus se virou e fez sinal para que o seguissem, mas os meninos fizeram sinal para ele ir até eles.

– Agni – disse Ana em voz baixa –, vamos à casa de uma bruxa?

– Ela não é bruxa, Ana! – respondeu o deus do fogo no mesmo tom de voz da menina. – É a deusa Durga!

– Aquele olho grande no meio da testa... – disse Artur.

– ...os oito braços se movimentando...

– ...e mexendo um caldeirão...

– ...lembram a figura de uma bruxa – concluiu Ana. – Eu sonhei com ela, mas não era assim.

– Vamos conversar – disse Agni, recuando mais com os meninos para poderem falar à vontade.

– Durga representa a Mãe Divina – continuou o mensageiro. – É uma deusa guerreira. Entre suas missões, estão caçar os demônios, destruir o mal e proteger os justos.

– Por que tem tantos braços? – perguntou Ana.

– Justamente por isso, para poder carregar vários instrumentos, a fim de proteger a humanidade do mal e da injustiça.

– No meu sonho – disse Ana –, o terceiro olho dela, entre as sobrancelhas, era como a pintura que as indianas usam, não um olho grande de verdade.

– Sabe, Ana, os deuses podem aparecer de várias formas. Quando Durga vai guerrear, ela aparece montada num leão. Agora, ela está em casa. Vamos ver o que está fazendo – convidou Agni.

Mas os meninos não se mexeram.

18
Um lanche realmente divino

– Durga é a Mãe da Natureza, a Mãe do Universo – falou Agni para incentivá-los a continuar. – Como poderia ser má? Ela é justamente o contrário do mal: ela é o bem que destrói o mal.

– Você nos convenceu, Agni – disse Ana.

– Vamos lá! – concordou Artur.

Conforme se aproximavam, puderam ver a imagem da deusa com mais clareza e foram descobrindo sua beleza. A pele era brilhante, e ela tinha belos cabelos escuros, longos e cacheados. Usava o mesmo vestido vermelho com enfeites dourados com o qual aparecera no sonho de Ana e colares e pulseiras em todos os braços.

O mais incrível de tudo era a luz que ela emanava!

– Que luz incrível! – exclamou Artur.

– É a deusa mais brilhante que conheço – comentou Ana.

Agni olhou para eles e sorriu com cumplicidade. Vendo que o mensageiro dos deuses se aproximava, a deusa caminhou em direção a eles.

– Salve, Durga! – exclamou Agni quando finalmente estavam junto a ela. – Trago comigo dois amigos brasileiros: Ana e Artur.

– Que alegria conhecer brasileiros! – exclamou Durga. – Sejam bem-vindos.

– Muito obrigada, deusa Durga! – eles responderam.

– Sabe que eu já sonhei com você lá no Brasil?

– Você deve ser uma menina muito especial, Ana! Esse tipo de sonho é raro.

– Que bom saber disso! – disse Ana, toda faceira.

– Ela está se achando... – brincou Artur, rindo.

– Ela pode se achar – respondeu Durga, sorrindo.

– Ele também pode, Durga, porque sonhou com Brahma, Vishnu e Shiva!

– O quê?! Sonhou logo de cara com a trimúrti, Artur!

– Pois é... – respondeu ele com modéstia.

– Já vi que estou entre pessoas que têm algo a mais – disse a deusa.

Então Agni perguntou:

– Durga, o que está preparando nesse vaso?

– Vocês chegaram em boa hora: acabei de assar pão.

– Pão? – exclamaram os meninos.

– Isso mesmo! O *naan* é um pão indiano caseiro. Depois de fazer a massa, a gente assa o pão num vaso de barro aquecido com carvão – disse ela, mostrando o vaso.

– Temos outro pão indiano, o *chapati*, que é assado no forno – explicou Agni.

– Bem, vamos aproveitar este pão quentinho – disse Durga – e fazer um lanche aqui fora, que é mais agradável.

Debaixo daquela imensa árvore, havia uma mesa e bancos de madeira. Enquanto Agni buscava pratos e copos, Durga vinha com geleias e refresco e arrumava os pães num cesto, e Ana e Artur admiravam aquela árvore. Sentiram um perfume suave e tentaram descobrir se era de flor ou fruto. Subiram no banco para se aproximar da ramagem, que era alta, e viram uma fruta que a vizinha de dona Sofia tinha no quintal. Era o jambo!

Quando os deuses chegaram, Ana comentou:

– Não sabíamos que na Índia também havia mangueiras e jambeiros.

– A manga e o jambo são frutas nativas da Índia – disse Durga.

– Incrível! – disse a menina. – No Brasil comemos muita manga.

— Na casa da nossa avó tem uma mangueira enorme; é nossa árvore favorita – disse Artur.

— Acabo de lembrar que o vovô comentou, há muitos anos, que a manga tinha sido levada ao Brasil pelos portugueses – comentou Ana.

— É verdade! – disse Artur. – Assim como o coco!

— Temos muito em comum, não é mesmo? – comentou a deusa.

— Na Índia, como no Brasil, temos abundância de frutas, plantas, ervas aromáticas, árvores de boa madeira e ornamentais – falou Agni.

— Recebemos esse presente da natureza – disse Durga – e devemos preservá-lo e cultivá-lo. Não só não se deve cortar árvores mas também é preciso plantá-las sempre.

— Temos grandes florestas no Brasil – disse Ana.

— A Amazônia é um paraíso! – comentou a deusa.

— Que está sendo desmatado... – observou o menino.

— Isso não pode continuar – disse Agni. – Os jovens, como vocês, precisam defender essa riqueza.

— A natureza é obra divina, não foi feita pelo ser humano – disse Durga. – As pessoas receberam de presente os rios, os lagos, as matas, os bosques, as florestas e todo alimento e riqueza que oferecem. Elas não têm direito de destruir esse presente.

— Pois é... Tantos países gostariam de ter a Floresta Amazônica, o Pantanal... e quem tem não valoriza e ainda destrói!

— Pois agora a bola está com vocês. Minha recomendação é que conversem com professores e colegas, façam trabalhos sobre isso e divulguem, para que todos percebam que essa atitude é a pior que existe.

— Boa dica, Durga! Vamos fazer isso, sim – eles disseram. – Somos responsáveis pela nossa natureza.

— Bem, agora vamos comer! – disse a deusa. – As frutas são todas conhecidas de vocês.

As geleias eram de abacaxi e manga, o refresco, de capim-cidreira com cardamomo, e o sorvete, que chegou por último, era de maracujá.

– O capim-cidreira também é nosso conhecido – comentou Ana.

Quando terminaram a comilança, Durga convidou-os para entrar em casa e ouvir uma história. Agni, que por sorte estava livre – não tinha recebido chamado de nenhum deus –, adorou a ideia. Ana e Artur também.

Quando se preparavam para entrar na casa, foram surpreendidos por um barulho vindo do bosque.

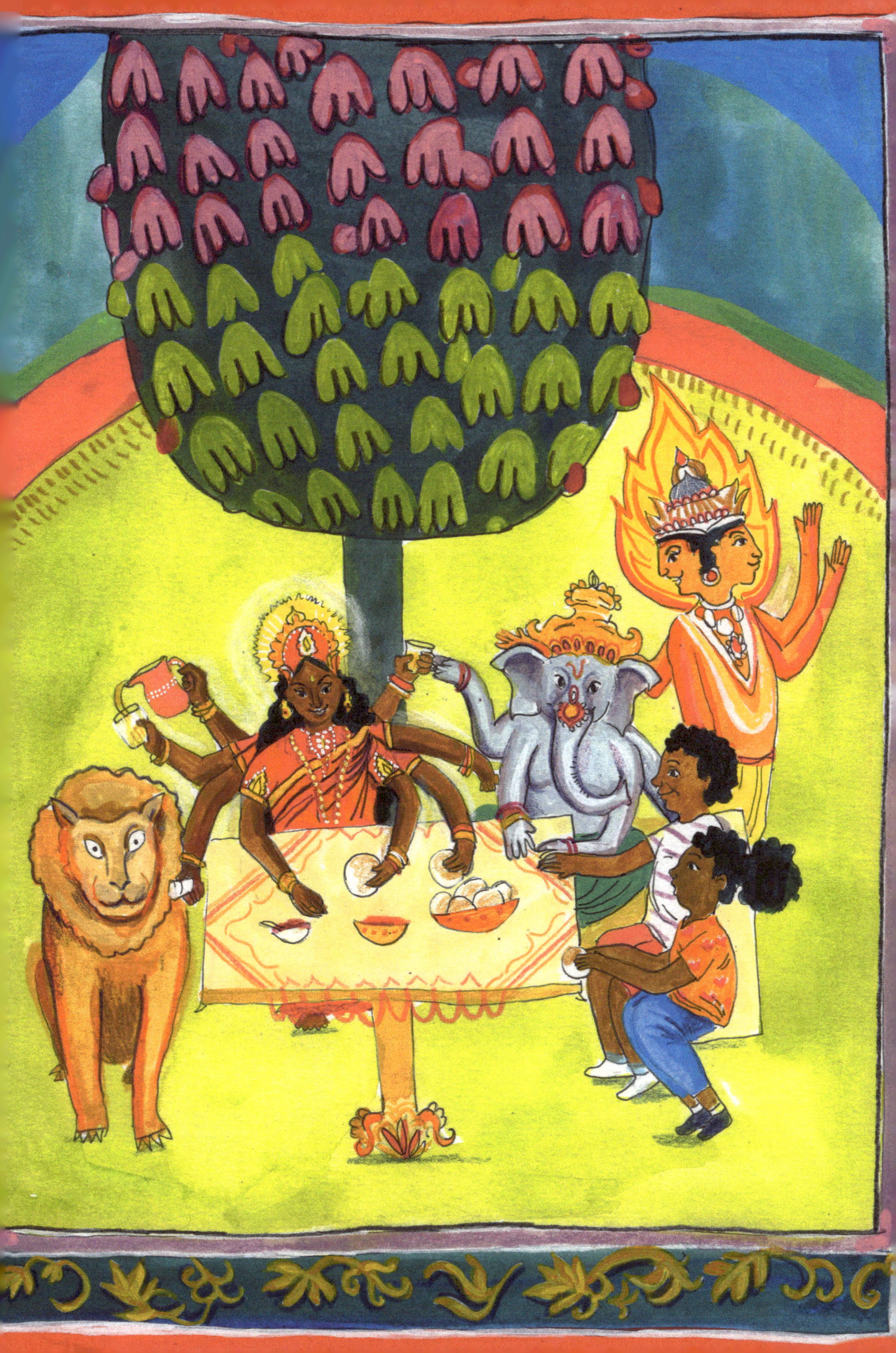

19
Uma visita inesperada

Eles se levantaram, mas não havia nada que pudessem ver, só ouviram um ruído, que estava ficando cada vez mais forte e parecia se aproximar.

– Está esperando alguém, Durga? – perguntou o mensageiro.

– Ninguém em particular.

Foi então que do meio do arvoredo surgiu uma figura de cabeça grande montada num animalzinho. Pela distância, ainda não era possível visualizar bem, mas não era difícil adivinhar quem era...

Quando viram aquela imensa cabeça de elefante, que vinha na direção deles, Artur exclamou:

– Não acredito!

– É ele! – confirmou Ana.

Com os olhos sorridentes e a grande tromba balançando, Ganesha se aproximava lentamente na sua montaria. Os meninos estavam na maior expectativa para conhecer esse deus elefante.

Assim que desmontou, Ana e Artur se surpreenderam ao ver como ele era jovem. Um menino, mais ou menos da idade deles!

– Boa tarde, meus queridos Durga e Agni – disse o deus menino. – Boa tarde, Ana e Atur!

– Já nos conhece? – perguntaram eles.

– Nós enxergamos a distância e lemos os pensamentos... Portanto, nada de pensar mal de nós, hein? – disse ele, quebrando o gelo e dando uma boa risada.

Os primos estranharam ouvir uma risada sem ver a boca que ria, e aí perceberam que a tromba escondia a boca. Era bem estranho mesmo! Eles pensaram isso e, no mesmo instante, Ganesha provocou:

– Imagino que seja muito estranho conhecer um deus com cabeça de elefante, mas podem ficar tranquilos, porque sou feliz como sou, não tenho vontade de mudar nada.

Os meninos ficaram impressionados com a sensibilidade de Ganesha e foram se acostumando com esse deus menino, que agia com tanta naturalidade tendo cabeça de animal e corpo de humano.

Vendo as comidas na mesa, ele não se fez de rogado.

– Vocês estão lanchando? – perguntou, dirigindo-se à deusa.

– Vamos nos sentar – disse Durga, oferecendo-lhe um prato.

O deus elefante fez um supersanduíche com as duas geleias e, depois de comer, sorveu com a tromba um copão de refresco. Quando a deusa lhe serviu o sorvete, ele se regalou.

– Preciso te visitar mais vezes, Durga! Que comida boa você faz!

– Venha sempre que quiser. Passo grande parte do tempo nesta casa da floresta e gosto de ter companhia.

Ela deu uma olhada para ele com o canto dos olhos e emendou:

– Mas parece que desta vez não foi a mim que você veio visitar...

– Tem razão, Durga. Vim conhecer esses brasileiros que já estão ficando famosos entre os deuses...

– Como soube que estavam aqui? – perguntou Agni.

– Brahma me contou – respondeu, dando uma piscadinha. E, voltando-se para Durga, pediu: – Será que você pode arrumar um pedaço de queijo e uma cuia com água para o meu rato, Mushika?

Enquanto Durga e Ganesha cuidavam de Mushika, Ana e Artur conversavam com Agni. Mas a conversa não durou muito, porque um dispositivo que ele carregava no bolso começou a tocar.

20

Como estrelas na Terra

Era Lakshmi, a deusa da prosperidade, que chamava Agni para levar uma mensagem a Vishnu, seu marido.

– Ana e Artur, deixo vocês em boas mãos – disse o mensageiro. – Peço a você, Ganesha, que se encarregue de levá-los de volta.

– Deixe comigo – disse o deus menino. – Temos mais ou menos a mesma idade, vamos nos entender muito bem.

Assim que o mensageiro partiu, Ana pediu à deusa:

– Durga, pode nos contar agora a história?

– Oba! Adoro ouvir histórias! – comemorou Ganesha.

Animados, todos entraram na casa.

Era pequena e decorada com muito esmero. Vasos de flores na sala, na cozinha e no banheiro, cortinas de crochê nas janelas e tapetes tecidos à mão. Quando se sentaram no sofá, a deusa anunciou:

– Vou contar uma história muito antiga, que se chama *A busca da divindade perdida*.

Conta uma antiga lenda indiana que há muitos anos todos os seres humanos eram dotados de poderes divinos.

Mas eles fizeram mau uso desses poderes, e Brahma, o deus maior, decidiu retirar seus poderes e escondê-los.

Como Brahma não sabia onde esconder esses bens preciosos, convocou os outros deuses para o ajudarem a decidir.

– Esconda em um buraco bem fundo – disseram os deuses.

E Brahma respondeu:

– Não, em um buraco, não. Logo o ser humano aprenderá a cavar e os encontrará.

Os deuses, então, deram outra sugestão:

– Vamos afundá-los no oceano mais profundo.

– Não – falou Brahma. – O ser humano aprenderá a mergulhar e os encontrará.

– Vamos escondê-los no topo da montanha mais alta – foi a terceira ideia.

Mais uma vez, Brahma respondeu:

– Não, isso não faremos, pois eles irão escalar todas as montanhas e encontrarão os poderes divinos.

Frustrados, os deuses não sabiam mais o que sugerir.

– Não sabemos onde escondê-los, porque parece que não há lugar na Terra ou no mar que os seres humanos não possam alcançar.

Brahma pensou por um tempo e chegou a uma conclusão:

– Vamos esconder os poderes de sua divindade no centro de seu próprio ser, pois os seres humanos nunca pensarão em procurá-los lá.

Os deuses concordaram com essa ideia, e assim foi feito.

Desde então, o ser humano tem ido para cima e para baixo na Terra, cavando, mergulhando, escalando, explorando e procurando por alguma coisa que já está dentro dele mesmo.

Quando a deusa terminou de contar a história, ninguém disse nada. Os meninos estavam pensativos, digerindo o que tinham acabado de ouvir. Parecia que olhavam para dentro de si mesmos, buscando seus poderes divinos. O silêncio só foi rompido pelos passarinhos que cantavam no quintal.

De repente, eles começaram a falar ao mesmo tempo.

– Os deuses é que sabem usar seus poderes – disse Ana.

– Sabem extrair o poder de dentro de si mesmos, coisa que a gente não sabe – falou Artur.

– Ganesha e Durga são mestres nessa arte – comentou Ana.

– Conseguimos dominar a mente – disse Durga – para não deixar que ela faça coisas de que não gostamos.

– Quando a gente olha para dentro, começa a se conhecer – disse Ganesha.

– A meditação ajuda muito, não? – perguntou a menina.

– A meditação é o caminho para isso – respondeu o deus menino.

– Ontem nós tivemos uma experiência nesse sentido – falou Artur.

– Brahma estava com a gente e de repente desapareceu. Anoiteceu e nós estávamos sozinhos numa floresta desconhecida. Não sabíamos o que fazer. Sentimos medo... – disse a menina.

– Então Ana me ensinou a respirar devagar para acalmar a mente e a meditar para me conectar comigo mesmo.

– Nós nos acalmamos, nos desligamos do medo e adormecemos.

– Quando acordamos, o deus Agni estava ao nosso lado. Tinha vindo substituir Brahma.

– Que bela vivência vocês tiveram! – disse a deusa.

– Parabéns! – disse Ganesha. – Poucos meninos da sua idade conseguem o que conseguiram.

Emocionados, Ana e Artur olharam para os deuses. Não havia palavras para agradecer, mas a expressão de afeto e reconhecimento que havia em seus olhos dizia tudo.

Então Ganesha se voltou para a deusa e para os primos e disse:

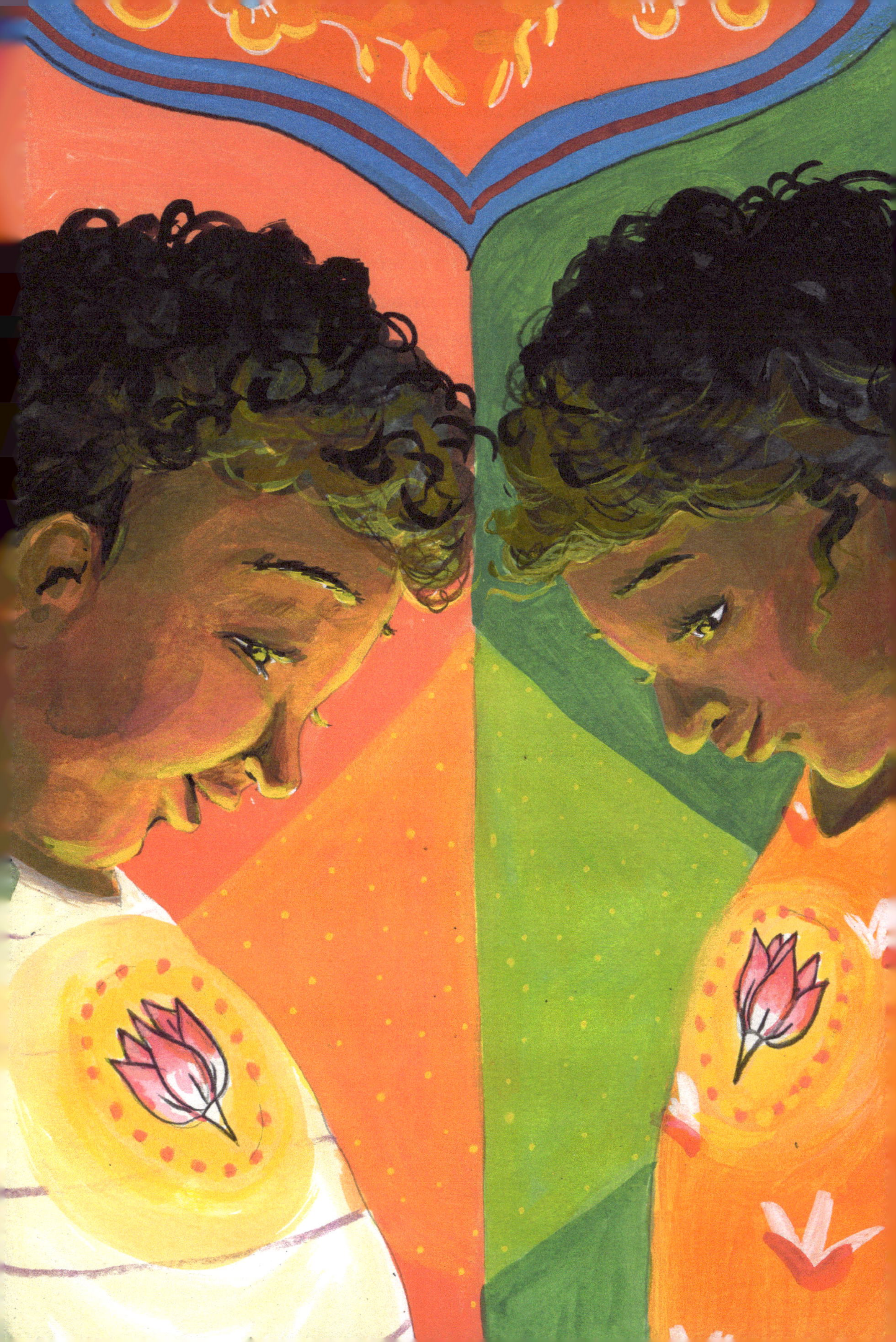

– Está muito gostoso aqui, mas tenho de interromper nossa conversa, porque está na hora de ir embora.

Durga abraçou demoradamente os visitantes. Haviam criado um laço de amizade que sabiam que ia durar.

– Se precisarem de mim, já sabem onde me encontrar – disse ela. – Quando quiserem saborear um pão quentinho, apareçam!

– Olha que a gente volta, hein? – disse Artur.

– Esse convite é irrecusável – concordou Ana.

– E então, para onde vamos? – perguntou o deus elefante aos meninos.

– Encontramos Brahma num lago que havia perto de uma clareira da floresta...

– ...mas já havíamos caminhado muito até chegar lá! – disse Ana.

– Dessa clareira pegamos a Trilha da Tartaruga e atravessamos os Bosques Aromáticos até chegar aqui – explicou Artur.

– Deixem comigo. Vamos encontrar esse lago numa clareira – disse Ganesha, com simpatia.

Durga acompanhou-os até a porta, e eles retomaram o caminho pelos Bosques Aromáticos. Estavam se encantando de novo com as florzinhas do Bosque da Mostarda e com a conversa inteligente de Ganesha quando ouviram chamar:

– Ana! Artur! Onde vocês estão?

De volta ao mundo real e à mangueira debaixo da qual estavam deitados, os primos se levantaram rápido e foram correndo na direção da voz que os chamava. E encontraram dona Sofia e seu Heitor, que tinham ido à praça chamá-los para o jantar.

– É uma bela praça, não, meninos? – disse a avó ao encontrá-los.

– Põe bela nisso, vó! – disse Ana, sorrindo para o primo.

– Tem uma mangueira que parece muito aquela do quintal – disse Artur. – Venham ver!

E, pegando os avós pelo braço, eles os levaram até a árvore.

Seu Heitor e dona Sofia se encantaram com aquele pé carregado de mangas, ainda verdes, que de fato lembrava muito a mangueira que tinham em casa.

– Acho que todas as mangueiras têm poder – disse o menino.

– Como assim? – quis saber o avô.

– O poder de fazer bem e encantar as pessoas – respondeu Ana, sorrindo para o primo.

– Lembram daquela conversa que tivemos durante um jantar, quando estávamos estudando mitologia grega? – perguntou Artur.

Os avós assentiram com a cabeça.

– Naquele dia, o senhor falou dos deuses de dois tipos de tempo que havia na Grécia – disse a menina.

– Cronos e Kairós – completou Artur.

– Eu me lembro – disse o avô.

– Pois hoje, de certa forma, estivemos com Kairós... – disse Ana

– ...e com quatro deuses hindus! – completou Artur. – Foi demais!

– Então vocês precisam nos apresentar a esses deuses – pediu dona Sofia.

– Com o maior prazer, vó! – responderam os netos, e saíram correndo pela praça, na maior alegria.

21
De volta à Terra

Ana voltou com os avós para o Brasil. Artur continuou se comunicando quase diariamente com a prima, Rita e os colegas. O segundo semestre passou muito rápido na Índia. Logo um novo ano começou, e o fim do inverno foi comemorado com o Holi, o Festival das Cores, que celebrou a chegada da primavera, no final de março. Como disse dona Maya para Madalena e Artur:

– O Holi é o momento de encontrar os amigos, perdoar e fazer as pazes com alguém com quem brigamos ou que está brigado conosco.

E quando Artur fez uma chamada de vídeo com os avós e com Ana contando sobre o Holi, dona Sofia comentou que essa festa também acontecia em escolas de ioga no Brasil.

– Nas histórias, religiões e tradições, existe um significado para tudo, não é mesmo? – disse a avó. – O Holi comemora a vitória do bem na luta contra o mal.

– O mal está relacionado com a escuridão do inverno – observou Artur.

– E o bem está ligado com o renascer das plantas e das flores na primavera – completou Ana.

– Vocês fizeram a ligação dos símbolos com a realidade – disse a avó, sorrindo.

– Isso é da maior importância – comentou o avô. – As conexões entre as ideias são fundamentais no estudo, na pesquisa e em qualquer projeto que a gente desenvolva ou texto que escreva.

◊ ○ ○ ◉ ▶ ● ◀ ◉ ○ ○ ◊

O tempo estava voando. Em meados de maio, acabou o ano letivo na escola de Artur – ele teve boas notas e estava orgulhoso disso. O projeto que seu pai tinha ido desenvolver terminou no final do mesmo mês, como previsto – não houve atraso.

A família fez passeios pelos arredores de Bokaro. Depois, aproveitou para passar uns dias em Calcutá antes de voltar para casa.

Chegaram ao Brasil em meados de junho, e Artur foi logo incorporado à sua classe do colégio, aproveitando o finzinho do semestre para se enturmar novamente com os amigos.

O encontro com Rita foi pra lá de emocionante! Foi tão bom que não dá nem para descrever!

Ana e Artur ficaram tão empolgados com a aventura na Índia e com suas descobertas que pretendem voltar logo para a Ásia e, quem sabe, conhecer também outros lugares do mundo e seus mitos maravilhosos.

Para onde o próximo sonho de Ana e Artur os levará?

Silvana Salerno

Arquivo pessoal

Sempre gostei de histórias. Pequenina, ouvia encantada as que minha mãe e avó inventavam. Mais crescida, contava as minhas para uma plateia imaginária. E lia muito! Imaginar, inventar e ler me levou a estudar Jornalismo e Letras na USP, trabalhar em livros, escrever em jornais e revistas e me tornar escritora.

A dança, a música e o desejo de "descobrir" o Brasil e o mundo sempre me acompanharam. Foi assim que conheci, com o escritor Fernando Nuno, meu marido, quase todos os estados brasileiros e muitos países. Numa dessas viagens, estivemos na Índia. Vivenciar o cotidiano das pessoas e conhecer sua cultura foi tão fascinante que instigou Ana e Artur a se aventurarem por lá. Então, na figura da menina que criava, participei com os dois primos dessa incrível jornada à Índia, que conto neste livro para você. Escrever é o meu dia a dia. Tenho 30 livros publicados no Brasil e um no exterior. Recebi vários prêmios, como Cátedra 10 da Unesco, Figueiredo Pimentel e muitos selos de Altamente Recomendável pela FNLIJ, além de ter títulos selecionados pelo PNLD Literário e pelo catálogo FNLIJ da Feira de Bolonha. Mas o maior prêmio de todos é conversar com os leitores nas escolas e vibrar com eles.

Natália Gregorini

Arquivo pessoal

Sou Natália Gregorini, nasci em Vilhena (RO) em 1990 e hoje moro em Campinas (SP). Estudei Artes Visuais na Unicamp, onde também fiz um mestrado sobre o processo de criação do livro ilustrado *Madalena*, publicado pela Livros da Matriz em 2019 e finalista do Prêmio Jabuti. Meu trabalho é contar histórias através das imagens, e para isso uso diversas técnicas, como gravura, desenho, pintura, colagem etc. Para ilustrar este livro, usei tinta acrílica e lápis de cor. As ilustrações foram inspiradas em pinturas clássicas indianas que encontrei fazendo pesquisas e seguindo os passos de Ana e Artur em suas viagens e sonhos. Junto com eles, conheci um novo mundo de imagens, cores e formas.

Uma das alegrias de ilustrar livros é poder, assim como os leitores, sair transformada da experiência que a história nos proporciona. Ilustrar este livro, conhecer as deusas e deuses e imaginar as paisagens das pinturas indianas transformou o meu modo de criar imagens.

Este livro foi composto com as fontes Alegreya, Fondamento e Almendra para a Editora do Brasil em 2022.